CONTEMPORÁNEA

Gabriel García Márquez, nacido en Colombia, es una de las figuras más importantes e influyentes de la literatura universal. Ganador del Premio Nobel de Literatura en 1982, es además cuentista, ensayista, crítico cinematográfico, autor de guiones y, sobre todo, intelectual comprometido con los grandes problemas de nuestro tiempo, en primer término con los que afectan a su amada Colombia y a Hispanoamérica en general. Máxima figura del llamado «realismo mágico», en el que historia e imaginación tejen el tapiz de una literatura viva, que respira por todos sus poros, es en definitiva el hacedor de uno de los mundos narrativos más densos de significados que ha dado la lengua española en el siglo xx. Entre sus novelas más importantes figuran *Cien años de soledad, El coronel no tiene quien le escriba, Crónica de una muerte anunciada, La mala hora, El general en su laberinto,* el libro de relatos *Doce cuentos peregrinos, El amor en tiempos de cólera* y *Diatriba de amor contra un hombre sentado.* En el año 2002 publicó la primera parte de su autobiografía, *Vivir para contarla.*

Biblioteca

GABRIEL GARCÍA MÁRQUEZ

*La aventura de Miguel Littín
clandestino en Chile*

⊞ DeBOLS!LLO

Diseño de la portada: Equipo de diseño editorial
Ilustración de la portada: Jordi Sàbat

Primera edición en U.S.A.: febrero, 2006

© 1986, Gabriel García Márquez
© de la presente edición:
   1998, Random House Mondadori, S. A.
   Travessera de Gràcia, 47-49. 08021 Barcelona

Printed in Spain – Impreso en España

ISBN: 0-307-35041-X

Distributed by Random House, Inc.

INTRODUCCIÓN

A principios de 1985, el director de cine chileno Miguel Littín —que figura en una lista de cinco mil exiliados con prohibición absoluta de volver a su tierra— estuvo en Chile por artes clandestinas durante seis semanas y filmó más de siete mil metros de película sobre la realidad de su país después de doce años de dictadura militar. Con la cara cambiada, con un estilo distinto de vestir y de hablar, con documentos falsos y con la ayuda y la protección de las organizaciones democráticas que actúan en la clandestinidad, Littín dirigió a lo largo y lo hondo del territorio nacional —inclusive dentro del Palacio de la Moneda— tres equipos europeos de cine que habían entrado al mismo tiempo que él con diversas coberturas legales, y a otros seis equipos juveniles de la resistencia interna. El resultado fue una película de cuatro horas para la televisión y otra de dos horas para el cine, que empieza a proyectarse por estos días en todo el mundo.

Hace unos seis meses, cuando Miguel Littín me contó en Madrid lo que había hecho, y cómo lo había hecho, pensé que detrás de su película había otra película sin hacer que corría el riesgo de quedarse inédita. Fue así como aceptó someterse a un interrogatorio agotador de casi una semana, cuya versión magnetofónica duraba dieciocho horas. Allí quedó completa la aventura humana, con todas sus implicaciones profesionales y políticas, que yo he vuelto a contar condensada en esta serie de diez capítulos.

Algunos nombres han sido cambiados y muchas circunstancias alteradas para proteger a los protagonistas que siguen viviendo dentro de Chile. He preferido conservar el relato en primera persona, tal como Littín me lo contó, tratando de preservar en esa forma su tono personal —y a veces confidencial—, sin dramatismos fáciles ni pretensiones históricas.

El estilo del texto final es mío, desde luego, pues la voz de un escritor no es intercambiable, y menos cuando ha tenido que comprimir casi seiscientas páginas en menos de ciento cincuenta. Sin embargo, he procurado en muchos casos conservar los modismos chilenos del relato original y respetar en todos el pensamiento del narrador, que no siempre coincide con el mío.

Por el método de la investigación y el carácter del material, *La aventura de Miguel Littín clandestino en Chile* es un reportaje. Pero es más: la reconstitución emocional de una aventura cuya finalidad última era, sin duda, mucho más entrañable y conmovedora que el propósito original y bien logrado de hacer una película burlando los riesgos del poder militar. El propio Littín lo ha dicho: «Éste no es el acto más heroico de mi vida, sino el más digno». Así es, y creo que ésa es su grandeza.

G. G. M.

1

CLANDESTINO EN CHILE

El vuelo 115 de Ladeco, procedente de Asunción (Paraguay), estaba a punto de aterrizar, con más de una hora de retraso, en el aeropuerto de Santiago de Chile. A la izquierda, a casi siete mil metros de altura, el Aconcagua parecía un promontorio de acero bajo el fulgor de la Luna. El avión se inclinó sobre el ala izquierda con una gracia pavorosa, se enderezó luego con un crujido de metales lúgubres, y tocó tierra antes de tiempo con tres saltos de canguro. Yo, Miguel Littín, hijo de Hernán y Cristina, director de cine y uno de los cinco mil chilenos con prohibición absoluta de regresar, estaba de nuevo en mi país después de doce años de exilio, aunque todavía exiliado dentro de mí mismo: llevaba una identidad falsa, un pasaporte falso, y hasta una esposa falsa. Mi cara y mi apariencia estaban tan cambiadas por la ropa y el maquillaje que ni mi propia madre había de reconocerme a plena luz unos días después.

Muy pocas personas en el mundo conocían este secreto, y una de ellas iba en el mismo avión. Era Elena, una militante de la resistencia chilena, joven y muy atractiva, designada por su organización para mantener las comunicaciones con la red clandestina interior, establecer los contactos secretos, determinar los lugares apropiados para los encuentros, valorar la situación operativa, concertar las citas, velar por nuestra seguridad. En caso de que yo fuera descubierto por la policía, o desapareciera, o no hiciera por más de veinticuatro horas los contactos establecidos de antemano, ella debería hacer pública mi presencia en Chile para que se diera la voz de alarma internacional. Aunque nuestros documentos de identidad no estaban vinculados, habíamos viajado desde Madrid, a través de siete aeropuertos de medio mundo, como si fuéramos un matrimonio bien avenido. En este último trayecto de una hora y media de vuelo, sin embargo, habíamos decidido sentarnos separados y desembarcar como si no nos conociéramos. Ella pasaría por el control de inmigración después de mí, para avisar a su gente en caso de que yo tuviera algún tropiezo. Si todo iba bien, volveríamos a ser dos esposos de rutina a la salida del aeropuerto.

Nuestro propósito era muy sencillo sobre el papel, pero en la práctica implicaba un gran riesgo: se trataba de filmar un documental clandestino sobre la realidad de Chile después de doce años de dictadura militar. La idea era un sueño que me daba vueltas en la cabeza desde hacía mucho tiempo, porque la imagen del país se me había perdido en las nieblas de la nostalgia, y para un hombre de cine no hay un modo más certero de recuperar la patria perdida que volver a filmarla por dentro. Este sueño se hizo más apremiante cuando el Gobierno chileno empezó a publicar listas de exiliados a los que se les permitía volver, y no encontré mi nombre en ninguna. Más tarde alcanzó extremos de desesperación cuando se publicó la lista de los cinco mil que no podían regresar, y yo era uno de ellos. Cuando por fin se concretó el proyecto, casi por casualidad y cuando menos lo esperaba, ya hacía más de dos años que había perdido la ilusión de realizarlo.

Fue en el otoño de 1984, en la ciudad vasca de San Sebastián. Me había instalado allí seis meses antes con la Ely y nuestros tres hijos, para hacer una película argumental que, como tantas otras de la historia secreta del cine, había sido cancelada por los productores cuando faltaba una semana para iniciar el rodaje. Me quedé sin salida. Pero en el curso de una cena de amigos en un restaurante popular, durante el festival de cine, volví a hablar de mi viejo sueño. Fue escuchado y comentado en la mesa con un interés cierto, no sólo por su alcance político evidente, sino también como una burla a la prepotencia de Pinochet. Pero a nadie se le ocurrió que fuera algo más que una pura fantasía del exilio. Sin embargo, ya en la madrugada, cuando regresábamos a casa por las calles dormidas de la ciudad vieja, el productor italiano Luciano Balducci, que apenas si había hablado en la mesa, me tomó del brazo y me apartó del grupo de un modo que parecía casual.

—El hombre que tú necesitas —me dijo— te está esperando en París.

Era exacto. El hombre que yo necesitaba tenía un alto cargo en la resistencia interna de Chile, y su proyecto sólo se distinguía del mío en algunos detalles de forma. Una sola conversación de cuatro horas con él, en el ámbito mundano de la Coupole y con la participación entusiasta de Luciano Balducci, nos bastó para convertir en realidad una fantasía incubada por mí, hasta en sus mínimos detalles, en los insomnios quiméricos del exilio.

El primer paso era introducir en Chile tres equipos básicos de filmación: uno italiano, uno francés y uno de cualquier nacionalidad europea, pero con credenciales holandesas. Todos legales, con permisos legítimos y con la protección ordinaria de sus embajadas. El equipo italiano, dirigido de preferencia por una periodista, tendría como cobertura la filmación de un documental sobre la inmigración italiana en Chile, con el énfasis especial en la obra de Joaquín Toesca, el arquitecto que construyó el Palacio de la Moneda. El equipo francés debería acreditarse para hacer un documental ecológico sobre la geografía chilena. El tercero iba a hacer un estudio sobre los últimos sismos. Ninguno de los equipos debería saber nada de la existencia de los otros dos. Ninguno de sus integrantes tendría conocimiento de qué era lo que en realidad se estaba haciendo, ni de quién los dirigía desde la sombra, salvo el responsable de cada equipo, que debería ser un profesional conocido en su medio, con formación política y consciente de sus riesgos. Fue la parte más fácil, que yo resolví con un breve viaje a los países de origen de cada equipo. Los tres, acreditados en forma y con sus contratos en regla, estaban ya dentro de Chile y esperando instrucciones la noche de mi llegada.

El drama de convertirse en otro

En realidad, el proceso más difícil para mí fue el convertirme en otra persona. El cambio de personalidad es una lucha cotidiana en la que uno se rebela a menudo contra su propia determinación de cambiar, y quiere seguir siendo uno mismo. Así que la dificultad mayor no fue el aprendizaje, como pudiera pensarse, sino mi resistencia inconsciente, tanto a los cambios físicos como a los cambios del comportamiento. Tenía que resignarme a dejar de ser el hombre que había sido siempre y convertirme en otro muy distinto, insospechable para la misma policía represiva que me había forzado a abandonar mi país, e irreconocible aun para mis propios amigos. Dos psicólogos y una maquillista de cine, bajo la dirección de un experto en operaciones especiales clandestinas, destacado desde el interior de Chile, lograron el milagro en poco menos de tres semanas, luchando sin reposo contra mi determinación instintiva de seguir siendo quien era.

Lo primero fue la barba. No era simple cuestión de afeitarme, sino de salirme de la personalidad que ella me había creado. Me la había dejado crecer muy joven, cuando iba a hacer mi primera película, y luego me la había quitado varias veces, pero nunca volví a filmar sin ella. Era como si la barba fuera inseparable de mi identidad de director. También mis tíos la habían usado, lo cual contribuía, sin duda, a aumentar mi afecto por ella. Me la había quitado hacía unos años en México, y no logré imponer mi nueva cara a mis amigos ni a mi familia, y menos a mí mismo. Todos tenían la impresión de estar con un intruso, pero yo persistía en no dejarla crecer otra vez, porque creía verme más joven. Fue Catalina, mi hija menor, la que me sacó de dudas:

—Sin barba te ves más joven —me dijo—, pero también más feo.

De modo que volver a quitármela para entrar en Chile no era sólo un problema de espuma y navaja, sino un proceso mucho más profundo de despersonalización. Me la fueron cortando poco a poco, observando los cambios en cada etapa, evaluando los efectos que tenían en mi apariencia y en mi carácter los diferentes cortes, hasta que llegamos a ras de piel. Pasaron varios días antes de que tuviera valor para asomarme al espejo.

Luego fue el cabello. El mío es de un negro intenso, heredado de una madre griega y de un padre palestino, del cual me venía también la amenaza de una calvicie prematura. Lo primero que hicieron fue teñírmelo de castaño claro. Luego ensayaron diversas formas del peinado, y concluyeron por no contrariar a la naturaleza. En vez de disimular la calvicie, como se pensó al principio, lo que hicieron fue acentuarla, no sólo con un peinado liso hacia atrás, sino inclusive terminando con pinzas los estragos de depilación que ya los años habían comenzado.

Parece mentira, pero hay toques casi imperceptibles que pueden cambiar la estructura de la cara. La mía, que es de luna llena aun con menos kilos de los que entonces tenía encima, se vio más alargada con la depilación profunda de los extremos de las cejas. Lo curioso es que esto me dio un semblante más oriental que el que tengo de nacimiento, pero que correspondería más a mis orígenes. El último paso fue el uso de unos lentes graduados, que los primeros días iban a causarme un intenso dolor de cabeza, pero que me cambiaron no sólo la forma de los ojos, sino también la expresión de la mirada.

La transfiguración del cuerpo fue más fácil, pero exigió de mí un mayor esfuerzo mental. El cambio de la cara era, en esencia, un asunto del maquillaje, pero el del cuerpo requería un entrenamiento psicológico específico y un mayor grado de concentración. Porque era allí donde tenía que asumir a fondo mi cambio de clase. En vez de los pantalones de vaquero que usaba casi siempre, y de mis chamarras de cazador, tenía que usar y acostumbrarme a usar vestidos enteros de paño inglés de grandes marcas europeas, camisas hechas sobre medida, zapatos de ante, corbatas italianas de flores pintadas. En vez de mi acento de chileno rural, rápido y atormentado, tenía que aprender una cadencia de uruguayo rico, que era la nacionalidad más conveniente para mi nueva identidad. Tenía que aprender a reír de un modo menos característico que el mío, tenía que aprender a caminar despacio, usar las manos para ser más convincente en el diálogo. En fin, tenía que dejar de ser un director de cine, pobre e inconforme como lo había sido siempre, para convertirme en lo que menos quisiera ser en este mundo: un burgués satisfecho. O como decimos los chilenos: un momio.

Al mismo tiempo que me convertía en otro, había ido aprendiendo a vivir con Elena en una mansión del distrito XVI de París, sumiso por primera vez a un orden establecido de antemano por alguien que no era yo mismo, y a una dieta de pordiosero para rebajar diez kilos de los ochenta y siete que pesaba. No era mi casa, ni se parecía en nada a la mía, pero debía serlo en mi memoria, pues se trata de cultivar recuerdos para evitar contradicciones futuras. Fue una de las más raras experiencias de mi vida, pues muy pronto me di cuenta de que Elena era simpática y seria también en la vida privada, pero nunca hubiera podido vivir con ella. La habían escogido los expertos por su calificación profesional y política, y debía obligarme a andar por un carril de hierro que no dejaba ningún margen para la inspiración. Mi carácter de creador libre se resistía a admitirlo. Más tarde, cuando todo saliera bien, iba a darme cuenta de que no había sido justo con ella, tal vez porque de algún modo inconsciente la identificaba con el mundo de mi otro yo, en el cual me resistía a instalarme, aun a sabiendas de que era una condición de vida o muerte. Ahora, evocando aquella rara experiencia, me pregunto si después de todo no éramos un matrimonio perfecto: apenas si podíamos soportarnos bajo un mismo techo.

Elena no tenía problemas de identidad. Es chilena, aunque no ha vivido en Chile de un modo permanente desde hace más de quince años, y nunca ha sido exiliada ni solicitada por ninguna policía del mundo, así que su cobertura era perfecta. Había cumplido muchas misiones políticas de importancia en diversos países, y la idea de hacer una película clandestina dentro del suyo le pareció fascinante. El problema difícil era el mío, pues la nacionalidad que pareció ser la más conveniente por motivos técnicos me obligaba a aprender un carácter muy distinto del mío y a inventarme todo un pasado en un país que no conocía. Sin embargo, antes de la fecha prevista había aprendido a volver la cabeza de inmediato si alguien me llamaba por mi nombre falso, y era capaz de contestar las preguntas más raras sobre la ciudad de Montevideo, sobre las líneas de buses que debía tomar para volver a casa, y hasta sobre la vida de mis condiscípulos, veinticinco años antes, en el Liceo número 11 de la avenida Italia, a dos cuadras de una farmacia y a una cuadra de un supermercado reciente. Lo único que debía evitar era reírme, pues mi risa es tan característica que me habría delatado a pesar del disfraz. Tanto, que el responsable de mi cambio me advirtió, con todo el dramatismo de que fue capaz: «Si te ríes, te mueres». Sin embargo, una cara de ladrillo incapaz de una sonrisa no sería nada raro en un tiburón internacional de los grandes negocios.

Por esos días surgió una duda imprevista en cuanto a la oportunidad del proyecto, por la declaratoria de un nuevo estado de sitio en Chile. La dictadura —herida por el fracaso espectacular de la aventura económica de la Escuela de Chicago— reaccionaba en esa forma frente a la acción unánime de la oposición, unida por primera vez en un frente común. En mayo de 1983 se habían iniciado las primeras protestas callejeras, que se repitieron a lo largo de todo el año con una aguerrida participación juvenil, sobre todo femenina, pero también con una represión sangrienta.

Las fuerzas de oposición, legales e ilegales, a las cuales se sumaban por primera vez los sectores más progresistas de la burguesía, convocaron un paro nacional de un día. Fue una demostración de poderío y determinación sociales que exasperó a la dictadura y precipitó el estado de sitio. Pinochet, desesperado, lanzó un grito que resonó en el mundo con acordes de ópera:

—Si esto sigue así, tendremos que hacer un nuevo 11 de setiembre.

Cierto que esas condiciones parecían favorables para una película como la nuestra, que pretendía sacar a flote hasta los elementos menos visibles de la realidad interna, pero al mismo tiempo serían mucho más rigurosos los controles policiales y más brutal la represión, y el tiempo útil estaría disminuido por el toque de

queda. Sin embargo, la resistencia interna eva-
luó todos los aspectos de la situación y fue par-
tidaria de seguir adelante, tal como yo lo quería. De modo que desplegamos las velas con
buena mar y vientos propicios en la fecha prevista.

Una larga cola de burro para Pinochet

La primera prueba dura fue el día de la partida, en el aeropuerto de Madrid. Hacía más de
un mes que no veía a la Ely y a nuestros hijos:
la Pochi, Miguelito y Catalina. Ni siquiera tenía
noticias directas de ellos, y la idea predomi-
nante entre los responsables de mi seguridad
era que me fuera sin avisarles para evitar los estragos de la despedida. Más aún: al principio del
proyecto se había pensado que, para mayor
tranquilidad de todos, era mejor que mi familia
ignorara la verdad, pero pronto nos dimos
cuenta de que esto carecía de sentido. Por el
contrario, nadie podía ser más útil que la Ely
para cubrir la retaguardia. Moviéndose entre
Madrid y París, entre París y Roma, y aun hasta
Buenos Aires, era la persona mejor preparada
para controlar el recibo y el revelado del material que yo le enviara poco a poco desde el interior, e incluso para conseguir fondos suplemen-
tarios si fuera el caso. Así fue.

Por otra parte, mi hija Catalina había notado

desde los preparativos iniciales que en mi dormitorio se estaba acumulando un tipo de ropa nueva contraria por completo a mi modo de vestir y aun a mi modo de ser, y fue tal su desconcierto y tanta su curiosidad que no tuve más remedio que reunirlos a todos y ponerlos al corriente de mis planes. Lo tomaron con un sentimiento de gozo y complicidad, como si de pronto se hubieran encontrado viviendo dentro de una de esas películas que solíamos inventar en familia para divertirnos. Pero cuando me vieron en el aeropuerto, transformado en un uruguayo clerical que tenía muy poco que ver conmigo, tanto ellos como yo tomamos conciencia de que aquella película era un drama de la vida real, tan importante como peligroso, que nos estaba ocurriendo a todos. Sin embargo, su reacción fue unánime.

—Lo importante —me dijeron— es que le pongas a Pinochet un rabo de burro muy largo.

Se referían al conocido juego infantil en el que un niño con los ojos vendados tiene que ponerle la cola en el lugar preciso a un burro de cartón.

—Prometido —les dije, calculando la longitud de la película que me disponía a filmar— va a ser una cola de siete mil metros.

Una semana después, Elena y yo aterrizábamos en Santiago de Chile. El viaje, también por razones técnicas, había sido una peregrinación sin itinerario previsto por siete ciudades de

Europa, para que fuera acostumbrándome a manejar mi nueva identidad, respaldada por un pasaporte insospechable. Éste era en realidad un auténtico pasaporte uruguayo, con el nombre y todas las señas de su titular legítimo, el cual nos lo había dado como una contribución política, a sabiendas de que iba a ser manipulado y utilizado para entrar en Chile. Lo único que hicimos fue cambiar su foto por la mía, tomada después de mi transformación. Mis cosas fueron arregladas de acuerdo con el nombre del titular: el monograma bordado en mis camisas, las iniciales de mi maletín de negocios, el membrete de mis tarjetas de visita, mi papel de escribir. Al cabo de muchas horas de práctica había aprendido a dibujar su firma sin vacilación. Lo único que no fue posible resolver, por la estrechez del tiempo, fueron las tarjetas de crédito, y ésta fue una falla peligrosa, pues no era comprensible que el hombre que yo fingía ser hubiera comprado en el trayecto varios billetes de avión pagando con dólares en efectivo.

A pesar de las tantas incompatibilidades que en la vida real nos habían obligado a divorciarnos, a los dos días, Elena y yo habíamos aprendido a comportarnos como un matrimonio capaz de sobrevivir a los peores desastres domésticos. Cada uno conocía la falsa vida del otro, su pasado falso, sus falsos gustos burgueses, y no creo que hubiéramos cometido un error grave en un interrogatorio a fondo. Nuestro cuento era perfecto. Éramos los dirigentes de una empresa de publicidad con sede en París, que íbamos con un equipo de cine para hacer una película de promoción de un perfume nuevo que debía ser lanzado en el siguiente otoño europeo. Habíamos escogido a Chile porque era uno de los pocos países donde podíamos encontrar en cualquier época del año los paisajes y el ambiente de las cuatro estaciones, desde las playas ardientes hasta las nieves perpetuas. Elena se desenvolvía con una soltura envidiable dentro de sus costosos vestidos europeos, como si no fuera la misma que me habían presentado en París con su cabello suelto, su falda escocesa y sus mocasines de colegiala. Yo también me creía muy cómodo dentro de mi nuevo caparazón de empresario, hasta que me vi reflejado en una vitrina del aeropuerto de Madrid, con un traje oscuro de dos piezas, cuello duro y corbata, y un aire de tiburón industrial que me revolvió las entrañas. «¡Qué horror!», pensé. «Si yo no fuera yo, sería igual a ése». En aquel momento, lo único que me quedaba de mi antigua identidad era un ejemplar medio desbaratado de *Los pasos perdidos,* la gran novela de Alejo Carpentier, que llevaba en mi maletín, como en todos mis viajes desde hacía quince años, para conjurar mi miedo incontrolable de volar. Con todo, tuve que sufrir varias ventanillas de inmigración en distintos aeropuertos del mundo para aprender a digerir el nerviosismo del pasaporte ajeno.

La primera fue en Ginebra, y todo ocurrió con una normalidad absoluta, pero sé que no la olvidaré en el resto de mi vida, porque el oficial de inmigración revisó el pasaporte con mucha atención, casi página por página, y por último me miró a la cara para compararla con la foto. Lo miré a los ojos, sin aliento, a pesar de que la foto era lo único mío en aquel pasaporte. Fue una cura de burro: a partir de entonces no volví a sentir aquella sensación de náusea y aquel desorden del corazón, hasta que la puerta del avión se abrió en el aeropuerto de Santiago de Chile, en medio de un silencio de muerte, y volví a sentir, al cabo de doce años, el aire glacial de las crestas andinas. En el frontis del edificio había un enorme letrero azul: *Chile avanza en orden y paz*. Miré el reloj: faltaba menos de una hora para el toque de queda.

2

PRIMERA DESILUSIÓN:
EL ESPLENDOR DE LA CIUDAD

Cuando el funcionario de inmigración abrió mi pasaporte tuve el presagio nítido de que si levantaba la vista para mirarme a los ojos iba a darse cuenta de la suplantación. Había tres mostradores, todos atendidos por hombres sin uniforme, y yo me había decidido por el más joven, que me pareció el más rápido. Elena se metió en una cola distinta, como si no nos conociéramos, porque si uno de los dos tenía problemas el otro saldría del aeropuerto para dar la voz de alarma. No fue necesario, pues era evidente que los funcionarios de inmigración tenían tanta prisa como los pasajeros para que no los sorprendiera el toque de queda, y apenas si miraban los documentos. El que me atendía a mí no se detuvo siquiera a examinar las visas, pues sabía que sus vecinos uruguayos no las necesitaban. Puso el sello de entrada en la primera hoja limpia que encontró, y en el momento de devolverme el pasaporte me miró fijo a los ojos con una atención que me heló las entrañas.

—Gracias —dije con voz firme.

Él me respondió con una sonrisa luminosa:

—Bienvenido.

Las maletas estaban saliendo con una rapidez que hubiera parecido insólita en cualquier aeropuerto del mundo, porque también los funcionarios de aduana querían llegar a sus casas antes de la queda. Yo cogí la mía. Luego cogí la de Elena —pues estábamos de acuerdo en que yo saldría primero con los equipajes para ganar tiempo— y llevé ambas hasta la plataforma de control de aduana. El controlador estaba tan apurado como los pasajeros por el toque de queda, y en vez de registrar las maletas incitaba a los viajeros a salir de prisa. Me disponía apenas a poner las mías en la plataforma cuando me preguntó:

—¿Viaja solo?

Le dije que sí. Él echó una mirada rápida a las dos maletas y me ordenó con voz urgente: «Ya, váyase». Pero una supervisora que no había visto hasta entonces —una cancerbera clásica, de uniforme cruzado, rubia y varonil— gritó desde el fondo: «Registra a ése». Sólo en aquel momento caí en la cuenta de que no podría explicar por qué llevaba un equipaje con ropas de mujer. Además, no podía concebir que la supervisora se hubiera fijado en mí entre tantos pasajeros apresurados si no fuera por alguna razón distinta y más grave que las maletas. Mientras el hombre esculcaba mi ropa, ella me pidió el pasaporte y lo examinó con atención. Yo me acordé del caramelo que me habían dado en el avión antes del decolaje y me lo metí en la boca, porque sabía que me iban a hacer preguntas y no me sentía muy seguro de esconder mi verdadera identidad chilena detrás de mi mal acento uruguayo. La primera vino del hombre.

—¿Se va a quedar muchos días aquí, caballero?

—Lo suficiente —dije.

Ni yo mismo me entendí con el estorbo del caramelo en la boca, pero a él no le importó, sino que me pidió abrir la otra maleta. Estaba con llave. Sin saber qué hacer, busqué a Elena con ojos angustiados, y la encontré impasible en la fila de inmigración, inocente del drama que ocurría tan cerca de ella. Por primera vez fui consciente de cuánta falta me hacía, no sólo en aquel momento, sino en el conjunto de nuestra aventura. Iba a revelar que ella era la dueña de la maleta, sin pensar siquiera en las consecuencias de mi decisión aturdida, cuando la supervisora me devolvió el pasaporte y ordenó revisar el equipaje siguiente. Entonces me volví a mirar a Elena y ya no la encontré.

Fue una situación mágica que todavía no hemos podido explicarnos: Elena se había vuelto invisible. Más tarde me dijo que también ella me había visto desde la fila arrastrando su maleta y había pensado que era una imprudencia, pero cuando me vio salir de la aduana se quedó tranquila. Yo atravesé el vestíbulo casi desierto siguiendo al hombre del carrito que me recibió el equipaje a la salida, y allí sufrí el primer impacto del regreso.

No se notaba por ninguna parte la militarización que suponía ni el menor rastro de miseria. Es verdad que no estábamos en el enorme y sombrío aeropuerto de Los Cerrillos, donde doce años antes había empezado mi exilio en una lluviosa noche de octubre con un terrible sentimiento de desbandada, sino en el moderno aeropuerto de Pudahuel, donde había estado de prisa y una sola vez antes del golpe militar. Pero de todos modos no se trataba de una impresión subjetiva. No encontraba por ninguna parte el aparato armado que yo había supuesto, sobre todo en aquella época, bajo el estado de sitio. Todo en el aeropuerto era limpio y luminoso, con anuncios de colores alegres y tiendas grandes y bien surtidas con artículos de importación, y no había a la vista ni un guardián de rutina para dar una información de caridad a un viajero extraviado. Los taxis que esperaban en el andén no eran los decrépitos de antaño, sino modelos japoneses recientes, todos iguales y ordenados.

Pero el momento no era para reflexiones prematuras, porque Elena no aparecía, y yo tenía ya las maletas en el taxi y el reloj avanzaba con una velocidad de vértigo hacia el toque de queda. Allí tuve otra duda. De acuerdo con nuestras normas, si uno de los dos se quedaba, el otro seguiría adelante y avisaría a los teléfonos que teníamos previstos para cualquier emergencia. Pero era muy difícil tomar la decisión de irme solo, y más cuando no estábamos de acuerdo sobre el hotel adonde llegaríamos. En el formulario de entrada al país yo había puesto El Conquistador, por ser un hotel donde van hombres de negocio, y era por tanto el que más correspondía a nuestra falsa imagen. Además, yo sabía que allí se alojaba el equipo italiano, pero pensé que Elena lo ignoraba.

Estaba a punto de renunciar a la espera, temblando de ansiedad y de frío, cuando la vi corriendo hacia mí, perseguida de cerca por un hombre de civil que agitaba un impermeable oscuro. Me quedé petrificado, preparándome para lo peor, cuando por fin el hombre le dio alcance y le entregó el impermeable que ella había olvidado en el mostrador de la aduana. Su demora tenía otra causa: a la cancerbera le había llamado la atención que viajara sin equipaje, y habían hecho un registro minucioso de cada uno de los objetos de su maletín de mano, desde los documentos de identidad hasta las cosas de tocador.

No podían imaginarse, por supuesto, que el pequeño receptor de radio japonés que ella llevaba era también un arma, pues nos mantendría en contacto con la resistencia interna mediante una frecuencia especial. Sin embargo, yo estaba más angustiado que ella, pues calculé que su retraso había sido de más de media hora, y ella me demostró en el taxi que había sido de sólo seis minutos. El taxista, por su parte, acabó de tranquilizarme con la observación de que no faltaban veinte minutos para el toque de queda, como yo pensaba, sino que todavía faltaban ochenta, pues mi reloj tenía aún la hora de Río de Janeiro. En realidad, eran las diez y cuarenta de una noche densa y helada.

¿Y para esto vine?

A medida que avanzábamos hacia la ciudad, el júbilo con lágrimas que tenía previsto para el regreso iba siendo sustituido por un sentimiento de incertidumbre. En efecto, el acceso al antiguo aeropuerto de Los Cerrillos era una carretera antigua a través de tugurios industriales y barriadas pobres, que sufrieron una represión sangrienta durante el golpe militar. El acceso al actual aeropuerto internacional, en cambio, es una autopista iluminada como en los países mejor desarrollados del mundo, y esto era un mal principio para alguien como yo, que no sólo estaba convencido de la maldad de la dictadura, sino que necesitaba ver sus fracasos en la calle, en la vida diaria, en los hábitos de la gente, para filmarlos y divulgarlos por el mundo. Pero cada metro que avanzábamos, la pesadumbre original iba convirtiéndose en una franca desilusión. Elena me confesó más tarde que también ella, aunque había estado en Chile varias veces en épocas recientes, había padecido el mismo desconcierto.

No era para menos. Santiago, al contrario de lo que nos contaban en el exilio, se mostraba como una ciudad radiante, con sus venerables monumentos iluminados y mucho orden y limpieza en las calles. Los instrumentos de la represión eran menos visibles que en París o Nueva York. La interminable alameda Bernardo O'Higgins se abría ante nuestros ojos como un torrente de luz, desde la histórica Estación Central, construida por el mismo Gustave Eiffel que hizo la torre de París. Inclusive las putitas trasnochadas en la acera opuesta eran menos indigentes y tristes que en otros tiempos. De pronto, del mismo lado en que yo viajaba, apareció el Palacio de la Moneda como un fantasma indeseado. La última vez que lo había visto era un cascarón cubierto de cenizas. Ahora, restaurado y otra vez en uso, parecía una mansión de ensueño al fondo de un jardín francés.

Los grandes símbolos de la ciudad desfilaban

por la ventanilla. El Club de la Unión, donde los momios mayores se reunían a manipular los hilos de la política tradicional; las ventanas apagadas de la Universidad, la Iglesia de San Francisco, el palacio imponente de la Biblioteca Nacional, los almacenes París. A mi lado, Elena se ocupaba de la vida real, convenciendo al chófer de que nos llevara al hotel El Conquistador, pues insistía en que fuéramos a otro donde sin duda le pagaban por llevar clientes. Lo trataba con mucho tacto, sin decir o hacer nada que pudiera ofenderlo o le llamara la atención, pues muchos taxistas de Santiago son informantes de la policía. Yo estaba demasiado confundido para intervenir.

A medida que nos acercábamos al centro de la ciudad, desistí de mirar y admirar el esplendor material con que la dictadura trataba de borrar el rastro sangriento de más de cuarenta mil muertos, dos mil desaparecidos y un millón de exiliados. En cambio, me fijaba en la gente, que andaba con una prisa inusitada, tal vez por la proximidad del toque de queda. Pero no fue sólo eso lo que me conmovió. Las almas estaban en sus rostros sacudidos por el viento helado. Nadie hablaba, nadie miraba en ninguna dirección definida, nadie gesticulaba ni sonreía, nadie hacía el menor gesto que delatara su estado de ánimo dentro de los abrigos oscuros, como si todos estuvieran solos en una ciudad desconocida. Eran rostros en blanco que no revelaban nada. Ni siquiera miedo. Entonces empezó a cambiar mi estado de ánimo, y no pude resistir la tentación de abandonar el taxi para perderme entre la muchedumbre. Elena me hizo toda clase de advertencias razonables, pero no tantas ni tan explícitas como hubiera querido, por temor de que la oyera el chófer. Presa de una emoción irresistible, hice parar el taxi y me bajé con un portazo.

No caminé más de doscientos metros, indiferente a la inminencia del toque de queda, pero los primeros cien me bastaron para emprender la recuperación de mi ciudad. Caminé por la Calle Estado, por la Calle Huérfanos, por todo un sector cerrado al tránsito de vehículos para solaz de los peatones, como la Calle Florida de Buenos Aires, la Vía Condotti de Roma, la Plaza de Beaubourg de París, la Zona Rosa de la Ciudad de México. Era otra buena creación de la dictadura, pero a pesar de los escaños para sentarse a conversar, a pesar de la alegría de las luces, de los canteros de flores bien cuidados, aquí se transparentaba la realidad.

Los pocos grupos que conversaban en la esquina lo hacían en voz muy baja para no ser escuchados por los tantos oídos dispersos de la tiranía, y había vendedores de cuantas baratijas se podían concebir, y muchos niños pidiendo dinero a los peatones. Sin embargo, lo que más me llamó la atención fueron los predicadores evangélicos tratando de vender la fórmula de la dicha eterna a quien quisiera oírlos. De pronto, a la vuelta de una esquina, me encontré de manos a boca con el primer carabinero que veía desde mi llegada. Se paseaba con mucha calma de un extremo al otro de la acera, y había varios en una cabina de vigilancia en la esquina de Huérfanos. Sentí un vacío en el estómago, y las rodillas empezaron a fallarme. Me dio rabia la sola idea de que cada vez que viera un carabinero iba a sentirme en aquel estado. Pero pronto me di cuenta de que también ellos estaban tensos, vigilando con ojos ansiosos a los transeúntes, y la impresión de que tenían más miedo que yo me sirvió de consuelo. No les faltaba razón. Pocos días después de mi viaje a Chile, la resistencia clandestina hizo volar con dinamita aquel puesto de vigilancia.

En el centro de mis nostalgias

Eran las claves del pasado. Ahí estaba el memorable edificio del antiguo Canal de Televisión y el Departamento de Audiovisuales, donde había empezado mi carrera de cine. Allí estaba la Escuela de Teatro, adonde llegué desde mi pueblo de la provincia, a los diecisiete años, para presentar un examen de admisión que fue definitivo en mi vida. Allí hacíamos también las concentraciones políticas de la Unidad Popular, y había vivido mis años más difíciles y decisivos. Pasé por el cine City, donde había visto por primera vez las obras maestras que todavía me exaltan la vocación, y entre ellas la menos olvidable de todas: *Hiroshima, mon amour.* De pronto, alguien pasó cantando la célebre canción de Pablo Milanés: *Yo pisaré las calles nuevamente de lo que fue Santiago ensangrentado.* Era una casualidad demasiado grande para soportarla sin sentir un nudo en la garganta. Estremecido hasta los huesos, me olvidé de la hora, me olvidé de mi identidad, de mi condición clandestina, y por un instante volví a ser yo mismo y nadie más en mi ciudad recuperada, y tuve que resistir el impulso irracional de identificarme gritando mi nombre con todas las fuerzas de mi voz, y enfrentarme a quien fuera por el derecho de estar en mi casa.

Regresé llorando al hotel al borde del toque de queda, y el portero tuvo que abrirme la puerta que acababa de cerrar. Elena nos había registrado en la recepción, y estaba ya en el cuarto, colgando la antena de la radio portátil. Parecía tranquila, pero cuando me vio entrar estalló como una esposa ejemplar. No podía concebir que yo hubiera corrido el riesgo gratuito de caminar solo por las calles hasta el instante mismo del toque de queda. Pero yo no estaba para sermones, y también me comporté como un esposo ejemplar. Salí con un portazo, y fui a buscar al equipo italiano dentro del mismo hotel.

Toqué en la habitación 306, dos pisos más abajo del nuestro, y me preparé para no equivocarme en el largo santo y seña que había acordado en Roma con la directora del equipo dos meses antes. Una voz medio dormida —la cálida voz de Grazia, que yo hubiera reconocido sin necesidad de ninguna clave— me preguntó desde dentro:

—¿Quién es?

—Gabriel.

—¿Qué más? —preguntó Grazia.

—Los Arcángeles —dije.

—¿San Jorge y San Miguel?

Su voz, en vez de serenarse con la certidumbre de las respuestas, se hacía cada vez más temblorosa. Era raro, porque también ella debía conocer mi voz después de nuestras largas conversaciones en Italia, y sin embargo prolongó el santo y seña aun después de que yo le confirmé que los arcángeles eran San Jorge y San Miguel.

—Sarco —dijo.

Era el apellido del personaje de la película que no hice en San Sebastián —*Viajero de las cuatro estaciones*—, y le respondí con el nombre:

—Nicolás.

Grazia —que es una periodista curtida en misiones difíciles— no se conformó con tantas pruebas:

—¿Cuántos pies de película? —preguntó.

Entonces yo comprendí que quería seguir el

santo y seña hasta el final, que era muy lejano, y temí que aquel juego sospechoso fuera escuchado en los cuartos vecinos.

—No jodas más y ábreme la puerta —dije.

Pero ella, con un rigor que iba a manifestarse a cada minuto de los próximos días, no abrió la puerta hasta el final de la clave. «Maldita sea», me dije, pensando no sólo en Elena, sino también en la Ely. «Todas las mujeres son iguales». Y seguí respondiendo al cuestionario con lo que más detesto en la vida, que es la sumisión de los esposos amaestrados. Cuando llegamos a la última línea, la misma Grazia juvenil y encantadora que había conocido en Italia abrió la puerta sin reservas, me miró como si hubiera visto un fantasma, y volvió a cerrar aterrorizada. Más tarde me dijo: «Te vi como alguien a quien había visto antes, pero que no sabía quién era». Era comprensible. En Italia había conocido a un Miguel Littín tirado al descuido, con barba, sin lentes y vestido de cualquier modo, y el hombre que había tocado a su puerta era calvo, miope y bien afeitado, y estaba vestido como un gerente de banco.

—Abre tranquila —le dije—. Soy Miguel.

Aun después de que me examinó con atención y me hizo entrar, seguía mirándome con cierta reticencia. Antes de saludarme había puesto la radio a todo volumen para impedir que nuestra conversación fuera escuchada en las habitaciones contiguas o grabada con micrófonos ocultos. Pero estaba tranquila. Había llegado una semana antes con su equipo de tres personas, y ya tenían las credenciales y permisos para trabajar, gracias a los buenos oficios de su embajada, cuyos funcionarios ignoraban, por supuesto, cuál era nuestro verdadero propósito. Más aún: ya habían empezado a filmar a los altos funcionarios del régimen que asistieron noches antes a una representación de gala de *Madame Butterfly* ofrecida por la Embajada italiana en el Teatro Municipal. El general Pinochet había sido invitado, pero se excusó a última hora. Sin embargo, el equipo de cine italiano en la función de gala fue muy importante para nosotros, porque así se estableció de un modo oficial su presencia en Santiago, y sería visto por las calles sin ningún recelo en los días siguientes. Por otra parte, el permiso para filmar en el interior del Palacio de la Moneda estaba ya en trámites, y quienes lo solicitaron habían recibido seguridades de que no habría ningún obstáculo.

La noticia me entusiasmó tanto que quise empezar a trabajar de inmediato. De no haber sido por el toque de queda, habría pedido a Grazia que despertara al resto del equipo para que nos fuéramos a dejar el testimonio de mi primera noche de regreso. Hicimos planes concretos para empezar a filmar desde las primeras horas, pero coincidimos en que el resto del equipo no debía conocer el programa con anticipación y debía creer que era ella quien los dirigía. Grazia, por su parte, no sabría nunca que había otros dos equipos trabajando en la misma película. Habíamos avanzado mucho, tomando sorbos de *grappa,* un aguardiente italiano a fuego vivo que ella llevaba siempre, casi como un amuleto, cuando sonó el teléfono. Ambos saltamos al mismo tiempo, y Grazia lo cogió al vuelo, escuchó un instante y volvió a colgar. Era alguien de la recepción del hotel que pedía bajar el volumen de la música porque un huésped de los cuartos contiguos había llamado para quejarse.

Un pavoroso silencio para recordar

Habían sido demasiadas emociones para un solo día. Cuando volví a mi habitación, Elena navegaba en un sueño apacible, pero había dejado encendida la luz de mi mesa de noche. Me desvestí sin ruidos, preparándome para dormir como Dios manda, pero fue imposible. Tan pronto como me tendí en la cama tomé conciencia del silencio pavoroso de la queda. No puedo imaginarme otro silencio igual en el mundo. Un silencio que me oprimía el pecho, y seguía oprimiendo más y más, y no terminaba nunca. No había un solo ruido en la vasta ciudad apagada. Ni el ruido del agua en las cañerías, ni la respiración de Elena, ni los propios ruidos de mi cuerpo dentro de mí mismo.

Me levanté agitado y me asomé por la ventana, tratando de respirar el aire libre de la calle, tratando de ver la ciudad desierta pero real, y nunca la había visto tan solitaria y triste desde que llegué por la primera vez en los días inciertos de mi adolescencia. La ventana estaba en un quinto piso, y daba a un callejón sin salida de muros altos y chamuscados, por encima de los cuales sólo se veía un pedazo de cielo a través de una neblina cenicienta. No me sentí en mi tierra, ni siquiera en la vida real, sino como un criminal cercado dentro de una de las viejas películas invernales de Marcel Carné.

Doce años antes, a las siete de la mañana, un sargento del ejército, al frente de una patrulla, había soltado sobre mi cabeza una ráfaga de ametralladora, y me ordenó incorporarme al grupo de prisioneros que iban arreando hacia el edificio de Chile Films, donde yo trabajaba. La ciudad entera se estremecía con las cargas de dinamita, los disparos de armas largas, los vuelos rasantes de los aviones de guerra. El sargento que me había detenido andaba tan ofuscado que me preguntó qué estaba pasando. «Nosotros somos neutrales», decía. Pero no supe por qué lo decía ni a quién incluía en el plural. En un momento en que nos quedamos solos me preguntó:

—¿Usted es el que hizo *El chacal de Nahualtoro*?

Le contesté que sí, y pareció olvidarse de todo, de los tiros, de las cargas de dinamita, de las bombas incendiarias en el palacio de los presidentes, y me pidió que le explicara cómo se hace para que a los falsos muertos de las películas les salga sangre por las heridas. Se lo expliqué y pareció fascinado. Pero casi en seguida volvió a la realidad.

—No miren para atrás —nos gritó— porque les vuelo la cabeza.

Hubiéramos creído que era un juego de no ser porque minutos antes habíamos visto los primeros muertos en la calle, un herido desangrándose en una acera sin auxilio de nadie, bandas de civiles rematando a garrotazos a los partidarios del presidente Salvador Allende. Habíamos visto a un grupo de prisioneros de espaldas contra un muro, y a un pelotón de soldados que fingían fusilarlos. Pero los mismos soldados que nos conducían preguntaban qué estaba pasando, e insistían: «Nosotros somos neutrales». El estruendo y la confusión eran enloquecedores.

El edificio de Chile Films estaba rodeado de soldados con ametralladoras emplazadas en trípodes y apuntando hacia la entrada principal. Un portero de boina negra, con la insignia del Partido Socialista, salió a nuestro encuentro.

—Ah —gritó señalándome—, ese caballero, el señor Littín, es el responsable de todo lo que ocurre aquí.

El sargento le dio un empujón que lo tiró por tierra.

—Váyase a la mierda —le gritó—. No sea maricón.

El portero se puso en cuatro patas, aterrorizado, y me preguntó:

—¿No se toma un cafecito, señor Littín? ¿Un cafecito?

El sargento me pidió que averiguara por teléfono lo que estaba pasando. Traté de hacerlo, pero no logré comunicación con nadie. A cada instante entraba un oficial que daba una orden, y luego otro que daba la orden contraria: que fumáramos, que no fumáramos, que nos sentáramos, que nos pusiéramos de pie. Al cabo de una media hora llegó un soldado muy joven y me señaló con el fusil.

—Óigame, sargento —dijo—, ahí está una señorita rubia preguntando por este caballero.

Era la Ely, sin duda. El sargento salió a hablar con ella.

Mientras tanto, los soldados nos contaron que los habían sacado desde la madrugada, que no habían desayunado, que tenían orden de no aceptar nada, que tenían frío, que tenían hambre. Lo único que pudimos hacer por ellos fue dejarles nuestros cigarrillos.

En ésas estábamos cuando el sargento volvió con un teniente que comenzó a identificar a los prisioneros para llevárselos al estadio. Cuando me tocó el turno, el sargento no me dio tiempo de contestar.

—No, mi teniente —le dijo a su oficial—, este señor no tiene nada que ver, vino aquí a presentar un reclamo porque unos vecinos le destrozaron a palos el automóvil.

El teniente me miró perplejo.

—¿Cómo puede ser tan huevón para reclamar nada en este momento? —exclamó—. ¡Mándese a volar!

Eché a correr, convencido de que me iban a disparar por la espalda con el eterno pretexto de la ley de fuga. Pero no fue así. La Ely, a quien un amigo le había dicho que me habían fusilado frente a Chile Films, venía a recoger el cadáver. En varias casas de la calle estaban izando banderas, que era la clave acordada para que los militares reconocieran a sus partidarios. Por otra parte, ya habíamos sido denunciados por una vecina que conocía nuestra relación con el Gobierno, mi participación entusiasta en la campaña presidencial de Allende, las reuniones que se hacían en mi casa mientras el golpe militar iba haciéndose inminente. De modo que no volvimos a casa, sino que pasamos un mes cambiándonos de un lugar a otro, con los tres niños y las cosas más indispensables, huyendo de la muerte que nos pisaba los talones, hasta que el cerco se hizo tan asfixiante que nos metió a la fuerza por el túnel del exilio.

3

TAMBIÉN LOS QUE
SE QUEDARON SON EXILIADOS

A las ocho de la mañana le pedí a Elena que se comunicara con un número telefónico que sólo yo conocía y preguntara por alguien que prefiero llamar con un nombre falso: Franquie. Le contestó él mismo, y ella le pidió sin más explicaciones, de parte de Gabriel, que fuera a la habitación 501 del hotel El Conquistador. Llegó antes de media hora. Elena estaba ya lista para salir, pero yo permanecía en la cama, y cuando oí tocar a la puerta me cubrí con la sábana hasta la cabeza. En realidad, Franquie no sabía a quién iba a ver, pues estábamos de acuerdo en que todo el que le llamara con el nombre de Gabriel era enviado por mí. En los últimos días le habían llamado los tres Gabrieles que dirigían los equipos de filmación, inclusive Grazia, y no tenía por qué sospechar siquiera que este nuevo Gabriel era yo mismo.

Éramos amigos desde mucho antes de la Unidad Popular, habíamos trabajado juntos en mis primeras películas, nos habíamos encontrado en varios festivales de cine, y nos habíamos visto, por último, el año anterior en México. Pero cuando me descubrí la cara no me reconoció, hasta que solté la risa, que es mi rasgo inconfundible. Esto me dio una mayor confianza en mi nueva apariencia.

Franquie había sido reclutado por mí a finales del año anterior. Fue el encargado de recibir por separado y de impartir las instrucciones preliminares a los equipos de filmación, y de hacer una serie de arreglos básicos que facilitaran nuestro trabajo sin interferir las orientaciones de Elena. Tenía un expediente limpio: es chileno, se había exiliado en Caracas por decisión propia después del golpe militar, sin que hubiera ningún cargo contra él, y había cumplido desde entonces numerosas misiones ilegales dentro de Chile, donde se movía con entera libertad con una cobertura intachable. Su popularidad entre la gente de cine, sustentada por su simpatía personal, su imaginación y su audacia, le convertían en el socio ideal para aquella aventura. No me equivoqué. De acuerdo conmigo había entrado solo por tierra desde Perú una semana antes para recibir y coordinar por separado a los tres equipos, y éstos se encontraban ya trabajando.

El equipo francés andaba por el norte del país, filmando desde Arica hasta Valparaíso, de acuerdo con un plan minucioso que su director y yo habíamos acordado meses antes en París. El equipo holandés hacía lo mismo en el sur. El italiano permanecería en Santiago trabajando bajo mi dirección personal, y preparado además para acudir a filmar cualquier acontecimiento imprevisto. Los tres tenían la consigna de interrogar a la gente sobre Salvador Allende siempre que tuvieran una ocasión de hacerlo sin riesgos ni despertar sospechas, pues pensábamos que el presidente mártir era el mejor punto de referencia para establecer la posición de cada chileno en relación con el país actual y sus posibilidades futuras.

Franquie tenía el itinerario preciso de cada equipo, así como la lista de los hoteles donde iban a estar, de manera que podía comunicarse con ellos en cualquier momento. Esto hacía posible que yo les diera instrucciones personales por teléfono. Para mayor seguridad, Franquie sería mi conductor, con un automóvil alquilado que cambiaríamos cada tres o cuatro días en distintas agencias. Durante todo el tiempo que duró la filmación nos separamos muy pocas veces.

Tres degollados tumban a un general

Empezamos a trabajar a las nueve de la mañana. La Plaza de Armas, a pocas cuadras del hotel, era más conmovedora en la realidad que en mis recuerdos, bajo el sol pálido y tibio del otoño austral que se filtraba por los grandes árboles. Las flores de siempre, que son renovadas cada semana, me parecieron más frescas y luminosas que nunca. El equipo italiano había empezado una hora antes a filmar la rutina matinal: los jubilados que leían el periódico en los escaños de madera, los ancianos que les daban de comer a las palomas, los vendedores de baratijas, los fotógrafos con sus cámaras anacrónicas de manga negra, los dibujantes que hacían caricaturas en tres minutos, los limpiabotas sospechosos de ser informadores del régimen, los niños con sus globos de colores frente a los carritos de helados, la gente que salía de la Catedral. En un rincón de la plaza estaba el grupo habitual de artistas cesantes en espera de ser contratados para fiestas imprevistas: músicos conocidos, magos y payasos de niños, travestís con ropas y maquillajes extravagantes cuyo sexo real es imposible determinar. A diferencia de la noche anterior, aquella hermosa mañana estaban apostadas en la plaza varias patrullas de carabineros, acuciosos y bien armados, de cuyos autobuses con potentes equipos de música salían canciones de moda a todo volumen.

Más tarde descubrí que la escasez de fuerza pública en las calles era una pura ilusión para recién llegados. A toda hora hay patrullas de choque escondidas en las estaciones principales del tren subterráneo, y camiones provistos de mangueras de agua a alta presión en las calles laterales, listos para reprimir con una saña brutal cualquier brote de protesta de los tantos intempestivos que ocurren a diario. La vigilancia es más intensa en la Plaza de Armas, centro neurálgico de Santiago, donde está la sede de la Vicaría de la Solidaridad, que es un gran bastión contra la dictadura auspiciado por el cardenal Silva Henríquez, y con el apoyo no solo de los católicos, sino de todos los que luchan por el retorno de la democracia en Chile. Esto le ha dado un fuero moral difícil de contrariar, y el amplio patio soleado de su casa colonial parece a toda hora una plaza de mercado. Allí encuentran refugio y amparo humanitario los perseguidos de todos los colores, y es una vía expedita para dar ayuda a quienes la necesiten, con la seguridad de que llegará a donde debe llegar, en especial a los presos políticos y sus familias. También desde allí se denuncian las torturas y se fomentan campañas por los desaparecidos y por toda clase de injusticias.

Pocos meses antes de mi ingreso clandestino, la dictadura lanzó contra la Vicaría un desafío sangriento que se volvió contra la propia Junta Militar y puso en peligro su estabilidad. A finales de febrero de 1985, en efecto, tres militantes de la oposición fueron secuestrados con un alarde de fuerza que no permitía poner en duda quiénes eran los autores. El sociólogo José Manuel Parada, funcionario de la Vicaría, fue aprehendido en presencia de sus pequeños hijos frente a la escuela donde éstos estudiaban, mientras el tránsito estaba suspendido por la policía tres cuadras a la redonda y todo el sector era controlado desde helicópteros militares. Los otros dos fueron secuestrados en distintos sitios de la ciudad, con pocas horas de diferencia. Uno era Manuel Guerrero, dirigente de la Asociación Gremial de Educación de Chile, y el otro era Santiago Nattino, un dibujante gráfico con un gran prestigio profesional, de quien no se sabía hasta entonces que tuviera una militancia activa. En medio del estupor nacional, los tres cadáveres, degollados y con huellas de una sevicia salvaje, aparecieron el 2 de marzo de 1985 en un camino solitario cerca del aeropuerto internacional de Santiago. El general César Mendoza Durán, comandante del cuerpo de carabineros y miembro de la Junta de Gobierno, declaró a la prensa que el triple crimen era el resultado de pugnas internas de los comunistas, dirigidos desde Moscú. Pero la reacción nacional desbarató el infundio, y el general Mendoza Durán, señalado por la opinión pública como el promotor de la matanza, tuvo que abandonar el Gobierno. Desde entonces, el nombre de la Calle del Puente, una de las cuatro que salen de la Plaza de Armas, fue borrado en la placa por manos desconocidas y puesto en su lugar el nombre con que se le conoce ahora: Calle de José Manuel Parada.

«Lo felicito por ser uruguayo»

El malestar de aquel drama salvaje estaba todavía en el aire la mañana en que Franquie y yo llegamos como dos transeúntes más a la Plaza de Armas. Vi que el equipo de filmación estaba en el lugar que Grazia y yo habíamos acordado la noche anterior, y que ella se percató de nuestro paso. Pero por el momento no dio ninguna orden al camarógrafo. Entonces Franquie se separó de mí, y yo asumí la dirección personal de la película con el método que había establecido de antemano con los directores de los tres equipos. Lo primero que hice fue un recorrido preliminar de los senderos adoquinados, deteniéndome en distintos lugares para indicarle a Grazia los momentos y la dirección en que debían filmar cuando yo repitiera el recorrido. Ni ella ni yo debíamos buscar por el momento ningún detalle que hiciera evidente el régimen represivo latente en las calles. Aquella mañana se trataba sólo de captar la atmósfera de un día cualquiera, con un énfasis especial en el comportamiento de la gente, que seguía pareciéndome, tal como lo percibí la noche anterior, mucho menos comunicativa que en otros tiempos. Andaban más de prisa, sin interesarse apenas por lo que sucedía a su paso, y aun los que conversaban lo hacían con un aire sigiloso y sin acentuar sus palabras con las manos, como yo creía recordar que lo hacían los chilenos de antaño y como seguían haciéndolo los del exilio. Yo caminaba por entre los grupos, llevando en el bolsillo de la camisa una grabadora en miniatura, muy sensible, con el fin de captar conversaciones que me sirvieran para organizar mejor no solo aquella primera jornada, sino el conjunto de la película.

Después de señalar los puntos de filmación me senté a escribir mis notas junto a una señora que tomaba el sol en uno de los escaños de la plaza, en cuyos listones pintados de verde había nombres y corazones inscritos a navaja en la madera por varias generaciones de enamorados. Como siempre olvido la libreta de apuntes, tomaba mis notas en el revés de las cajetillas de Gitane, los célebres cigarrillos franceses, de los cuales había comprado una buena provisión en París. Así lo hice a lo largo de la filmación, y aunque no fue con ese propósito que conservé las cajetillas, las notas me sirvieron como un diario de navegación para reconstituir en este libro los pormenores del viaje.

Mientras escribía aquella mañana en la Plaza de Armas noté que la señora sentada a mi lado me observaba de soslayo. Era de edad tranquila, y estaba vestida al modo anticuado de la clase media baja, con un sombrero muy usado y un abrigo con cuello de piel. Yo no entendía qué hacía allí, sola y callada, sin mirar hacia ningún punto definido, sin inmutarse por las palomas que revoloteaban sobre nuestras cabezas y nos picoteaban los bordes de los zapatos. No lo hubiera entendido nunca si no hubiera sido porque ella me dijo más tarde que se había enfriado durante la misa y quería tomar el sol unos minutos antes de meterse en el tren subterráneo. Fingiendo leer el periódico, noté que me examinaba de pies a cabeza, sin duda porque mis ropas eran menos corrientes que las de quienes solían andar a aquellas horas por la plaza. Le sonreí, y ella me preguntó de dónde era. Entonces puse en marcha la grabadora con una presión imperceptible sobre el bolsillo de la camisa.

—Uruguayo —le dije.

—Ah —dijo ella—. Le felicito por la suerte que tienen ustedes.

Se refería al retorno del sistema electoral en Uruguay, y hablaba de eso con una tierna añoranza de su propio pasado. Yo me hice el distraído tratando de que ella fuera más explícita, pero no conseguí que me hiciera alguna confidencia sobre su situación. Sin embargo, me habló sin reservas de la falta de libertades individuales y de los dramas del desempleo en Chile.

A un cierto momento me mostró los escaños de desempleados, los payasos, los músicos, los travestís, cada vez más numerosos.

—Mire esa gente —me dijo—. Pasan días enteros esperando ayuda porque no tienen trabajo. Hay hambre en nuestro país.

La dejé hablar. Luego inicié el segundo recorrido de la plaza cuando calculé que había pasado media hora desde el primero, y entonces Grazia dio al camarógrafo la orden de filmar sin acercarse a mí y cuidando de no ser muy evidente para los carabineros. Pero el problema era el contrario: era yo quien no perdía de vista a los carabineros, porque seguían ejerciendo sobre mí una fascinación difícil de resistir.

Aunque los vendedores callejeros han existido siempre en Chile, no recuerdo que hubiera tantos como ahora. Es difícil concebir un sitio del centro comercial donde no se les encuentre en largas filas silenciosas. Venden de todo, y son tan numerosos y disímiles que revelan con su sola presencia todo un drama social. Al lado de un médico cesante, de un ingeniero venido a menos o de una señora con aires de marquesa que rematan por cualquier precio sus ropas de mejores tiempos, hay niños sin padres ofreciendo cosas robadas o mujeres humildes tratando de vender panes amasados. Pero la mayoría de esos profesionales en desgracia ha renunciado a todo menos a la dignidad. Detrás de los puestos de baratijas siguen vestidos como en sus prósperas oficinas de antaño. Un chófer de taxi que había sido un próspero comerciante de textiles me hizo un recorrido turístico de varias horas por media ciudad, y al final se negó a cobrarme el servicio.

Mientras el camarógrafo filmaba el ambiente de la plaza, yo andaba por entre la gente captando fragmentos de diálogos que habían de servirme después para un comentario ilustrativo de las imágenes, cuidando de no comprometer a nadie que luego pudiera ser identificado en la pantalla. Grazia me observaba con atención desde otro ángulo, y yo la observaba a ella. Estaba siguiendo mis instrucciones de iniciar las tomas en los edificios más altos y luego descender poco a poco, desplazar la cámara hacia los lados y terminar filmando a los carabineros. Queríamos captar la tensión de sus rostros, mucho más notable a medida que aumentaba la animación de la plaza por la proximidad del mediodía. Pero ellos notaron muy pronto la trayectoria de la cámara, se sintieron observados y le exigieron a Grazia el permiso para filmar en la calle. Yo vi cómo lo mostró, vi la rapidez con que el agente se dio por satisfecho y continué mi recorrido con un sentimiento de alivio. Más tarde supe que aquel carabinero le había pedido a Grazia que no los filmaran a ellos, pero no tuvo argumentos cuando ella le replicó que esa excepción no figuraba en el permiso, e invocó su condición de italiana para no aceptar órdenes inconsultas. El dato me interesó, porque demostraba que, en efecto, el hecho de ser un equipo europeo tenía en Chile las ventajas que habíamos previsto.

También los que se quedan son exiliados

Los carabineros se me habían convertido en una obsesión. Pasé varias veces muy cerca de ellos, buscando una ocasión para conversar. De pronto, por un impulso irresistible, me acerqué a una patrulla, y les hice algunas preguntas sobre el edificio colonial de la Municipalidad, averiado por el terremoto de marzo anterior, que estaba siendo reconstruido. El agente que me contestó lo hacía sin mirarme, pues no perdía de vista ni un detalle de lo que ocurría en la plaza. La actitud de su compañero era igual, pero de cuando en cuando me miraba de reojo con una impaciencia creciente porque empezaba a notar la necedad deliberada de mis preguntas. Después me miró de frente con un ceño temible y me ordenó:

—¡Circule!

Pero yo había roto el hechizo, y la inquietud que me causaban se había convertido en una cierta embriaguez. En vez de obedecerle, me puse a darles una lección sobre el comportamiento que la policía estaba obligada a observar ante la curiosidad de un extranjero pacífico. No me daba cuenta, sin embargo, de que mi falso acento uruguayo no soportaba una prueba tan difícil, hasta que el carabinero se hartó de mi discurso cívico y me ordenó identificarme.

Tal vez en ningún momento del viaje sufrí una descarga de terror como aquella. Pensé en todo: ganar tiempo, resistir y aun escapar a toda prisa a sabiendas de que sería alcanzado. Pensé en Elena, que estaba quién sabe dónde a esa hora, y sólo vi como una lucecita remota que el camarógrafo lo filmara todo y que aquella prueba irrefutable de mi captura se divulgara en el exterior. Además Franquie andaba cerca, y conociéndole como le conocía estaba seguro de que no me había perdido de vista. Lo más fácil, por supuesto, era identificarme con el pasaporte, ya probado en varios aeropuertos. En cambio, le temía a una requisa, porque sólo en ese momento me acordé de un error mortal que arrastraba conmigo. En la misma cartera en que llevaba el pasaporte tenía mi verdadera carta chilena de identidad, que había dejado allí por descuido, y una tarjeta de crédito con mi nombre real. Consciente de que no me quedaba más remedio que asumir el riesgo menos grave, mostré el pasaporte. El carabinero, tampoco muy seguro de lo que debía hacer, le echó una mirada a la foto y me lo devolvió con un gesto menos áspero.

—¿Qué es lo que quiere saber de ese edificio? —me preguntó.

Yo respiré a pleno pulmón.

—Nada —dije—. Era por joder.

Aquel incidente me curó por el resto del viaje de la inquietud que me causaban los carabineros. Desde entonces los vi con tanta naturalidad como los veían los chilenos legales, y aun los clandestinos —que son muchos—, y dos o tres veces tuve que pedirles favores ocasionales que ellos me hicieron de buen grado. Entre otros, nada menos que guiarme hasta el aeropuerto con un automóvil patrullero para que pudiera alcanzar un avión internacional minutos antes de que la policía descubriera mi presencia en Santiago. Elena no pudo entender que alguien desafiara a la policía sólo por aliviar la tensión, y nuestras relaciones de trabajo, que ya tenían varias grietas peligrosas, empezaron a resquebrajarse.

Menos mal que yo me arrepentí de mi imprudencia desde antes de que ella ni nadie me la hiciera notar. Tan pronto como el carabinero me devolvió el pasaporte, le hice a Grazia la seña convenida para que diera por terminada la filmación. Franquie, por su parte, que había visto todo desde un lado de la plaza con tanta ansiedad como la mía, se apresuró a reunirse conmigo, pero yo le pedí que fuera a recogerme al hotel después del almuerzo. Quería estar solo.

Me senté en un escaño a leer los periódicos del día, pero pasaba las líneas sin verlas, porque era tan grande la emoción que sentía de estar sentado allí en aquella diáfana mañana otoñal que no podía concentrarme. De pronto sonó el cañonazo distante de las doce, las palomas volaron espantadas y los carillones de la Catedral soltaron al aire las notas de la canción más conmovedora de Violeta Parra: *Gracias a la vida*. Era más de lo que podía soportar. Pensé en Violeta, pensé en sus hambres y sus noches sin techo de París, pensé en su dignidad a toda prueba, pensé que siempre hubo un sistema que la negó, que nunca sintió sus canciones y se burló de su rebeldía. Un presidente glorioso había tenido que morir peleando a tiros, y Chile había tenido que padecer el martirio más sangriento de su historia, y la misma Violeta Parra había tenido que morir por su propia mano para que su patria descubriera las profundas verdades humanas y la belleza de su canto. Hasta los carabineros la escuchaban con devoción sin la menor idea de quién era ella, ni qué pensaba, ni por qué cantaba en vez de llorar, ni cuánto los hubiera detestado a ellos si hubiera estado allí padeciendo el milagro de aquel otoño espléndido.

Ansioso de ir rescatando el pasado palmo a palmo me fui solo a una hostería en la parte alta de la ciudad donde la Ely y yo solíamos almorzar cuando éramos novios. El lugar era el mismo, al aire libre, con las mesas bajo los álamos y muchas flores desaforadas, pero daba la impresión de algo que hacía tiempo había dejado de ser. No había un alma. Tuve que protestar para que me atendieran, y tardaron casi una hora para servirme un buen pedazo de carne asada. Estaba a punto de terminar cuando entró una pareja que no veía desde que la Ely y yo éramos clientes asiduos. Él se llamaba Ernesto, más conocido como *Neto, y* ella se llamaba Elvira. Tenían un negocio sombrío a pocas cuadras de allí, en el cual vendían estampas y medallas de santos, camándulas y relicarios, ornamentos fúnebres. Pero no se parecían a su negocio, pues eran de genio burlón e ingenio fácil, y algunos sábados de buen tiempo solíamos quedarnos allí hasta muy tarde bebiendo vino y jugando a las barajas. Al verlos entrar cogidos de la mano, como siempre, no solo me sorprendió su fidelidad al mismo sitio después de tantos cambios en el mundo, sino que me impresionó cuánto habían envejecido. No los recordaba como un matrimonio convencional, sino más bien como dos novios tardíos, entusiastas y ágiles, y ahora me parecieron dos ancianos gordos y mustios. Fue como un espejo en el que vi de pronto mi propia vejez. Si ellos me hubieran reconocido me habrían visto sin duda con el mismo estupor, pero me protegió la escafandra de uruguayo rico. Comieron en una mesa cercana, conversando en voz alta, pero ya sin los ímpetus de otros tiempos, y en ocasiones me miraban con curiosidad y sin la menor sospecha de que alguna vez habíamos sido felices en la misma mesa. Sólo en aquel momento tuve conciencia de cuán largos y devastadores eran los años del exilio. Y no solo para los que nos fuimos, como lo creía hasta entonces, sino también para ellos: los que se quedaron.

4

LOS CINCO PUNTOS
CARDINALES DE SANTIAGO

Filmamos en Santiago cinco días más, tiempo suficiente para probar la utilidad de nuestro sistema, mientras me mantenía en contacto telefónico con el equipo francés, en el norte, y el equipo holandés, en el sur. Los contactos de Elena eran muy eficaces, de modo que poco a poco iba concertando las entrevistas que queríamos hacer a dirigentes clandestinos, así como a personalidades políticas que actúan en la legalidad.

Yo, por mi parte, me había resignado a no ser yo. Era un sacrificio duro para mí, sabiendo que había tantos parientes y amigos que quería ver —empezando por mis padres— y tantos instantes de mi juventud que deseaba revivir. Pero estaban en un mundo vedado, por lo menos mientras terminábamos la película, de modo que les torcí el cuello a los afectos y asumí la condición extraña de exiliado dentro de mi propio país, que es la forma más amarga del exilio.

Pocas veces estuve desamparado en las calles, pero siempre me sentí solo. En cualquier lugar en que estuviera, los ojos de la resistencia me protegían sin que ni yo mismo lo notara. Sólo cuando tuve entrevistas con personas de absoluta confianza, a las cuales no deseaba comprometer ni ante mis propios amigos, solicitaba de antemano el retiro de la custodia. Más tarde, cuando Elena terminó de ayudarme a encarrilar el trabajo, ya tenía yo bastante entrenamiento para valerme solo, y no tuve ningún percance. La película fue hecha como estaba previsto, y ninguno de mis colaboradores sufrió la menor molestia por un descuido mío o por un error. Sin embargo, uno de los responsables de la operación me dijo, de buen humor, cuando ya estábamos fuera de Chile:

—Nunca, desde que el mundo es mundo, se habían violado tantas veces y en forma tan peligrosa tantas normas de seguridad.

El hecho esencial, en todo caso, era que en menos de una semana habíamos sobrepasado el plan de filmación en Santiago. Un plan muy flexible, que permitía toda clase de cambios sobre el terreno, y la realidad nos demostró que era la única manera de actuar en una ciudad imprevisible que a cada momento nos daba una sorpresa y nos inspiraba ideas insospechadas.

Hasta entonces habíamos cambiado tres veces de hotel. El Conquistador era confortable y práctico, pero estaba en el núcleo de la represión, y teníamos motivos para pensar que era uno de los más vigilados. Lo mismo ocurría, sin duda, con todos los de cinco estrellas donde había un movimiento constante de extranjeros, los cuales son sospechosos por principio para los servicios de la dictadura. En los de segunda categoría, sin embargo, donde el control de entradas y salidas suele ser más rígido, temíamos llamar más la atención. Así que lo más seguro era mudarnos cada dos o tres días sin preocuparnos por las estrellas, pero sin repetir nunca un hotel, pues tengo la superstición de que siempre me va mal si regreso a un sitio donde he corrido un riesgo. Esta creencia se afincó en mí el 11 de setiembre de 1973, mientras la aviación bombardeaba La Moneda y la confusión se apoderaba de la ciudad. Yo había logrado escapar sin molestias de las oficinas de Chile Films, adonde había acudido para tratar de resistir al golpe con mis compañeros de siempre, y después de llevar en mi automóvil hasta el Parque Forestal a un grupo de amigos que tenían motivos para temer por sus vidas, cometí el grave error de regresar. Me salvé de milagro, como ya lo he contado.

Como una precaución adicional en los cambios de hoteles, Elena y yo decidimos tomar habitaciones separadas después de la tercera mudanza, cada uno con una nueva personalidad. A veces me inscribía yo como gerente y ella como secretaria, y a veces como si no nos conociéramos. Por lo demás, esta separación paulatina correspondía muy bien al estado de nuestras relaciones, muy fructíferas en el trabajo, aunque cada vez más difíciles en el plano personal.

Debo decir que entre los muchos hoteles donde nos alojamos sólo en dos tuvimos algún motivo de inquietud. Primero fue en el Sheraton. La misma noche de nuestra inscripción, el teléfono de la mesita sonó cuando acababa de dormirme. Elena había ido a una reunión secreta que se prolongó más de lo previsto, y tuvo que quedarse a dormir en la casa donde la sorprendió el toque de queda, como había de ocurrir varias veces. Contesté aturdido, sin saber dónde estaba, y peor aún, sin recordar quién era yo en aquel momento. Una voz de chilena preguntó por mí, pero con el nombre postizo. Iba a contestar que no conocía a ese señor, cuando acabé de despertar por el impacto de que alguien me buscara con ese nombre, a esa hora y en ese lugar.

Era la telefonista del hotel con una llamada de larga distancia. En un segundo caí en la cuenta de que nadie más que Elena y Franquie sabían dónde vivíamos, y no era probable que alguno de los dos me llamara en esa forma, a esa hora de la madrugada, y con el truco de que era un telefonema de larga distancia, a no ser que se tratara de un asunto de vida o muerte. De modo que decidí contestar. Una mujer hablando en inglés me soltó una parrafada incontenible en un tono familiar, llamándome *darling*, llamándome *sweetheart*, llamándome *honey*, y cuando logré abrir una brecha para hacerle comprender que yo no hablaba inglés, colgó con un suspiro muy dulce: *shit*. Fueron inútiles las averiguaciones que hice con la operadora del hotel, aparte de comprobar que había dos huéspedes más con nombres parecidos al de mi pasaporte falso. No pude dormir ni un minuto, y tan pronto como Elena entró a las siete de la mañana nos fuimos a otro hotel.

El segundo susto fue en el rancio hotel Carrera —desde cuyas ventanas frontales se ve completo el Palacio de la Moneda— y fue un susto retrospectivo. En efecto, pocos días después de que durmiéramos allí, una pareja muy joven, haciéndose pasar por un matrimonio en luna de miel, tomó la habitación contigua a la que nosotros habíamos ocupado, y emplazaron en un trípode de fotógrafo una bazuca provista de un sistema de acción retardada, dirigida contra el despacho de Pinochet. La concepción y el mecanismo de la acción eran óptimos, y Pinochet estaba en su despacho a la hora señalada, pero las patas del trípode se abrieron con el impulso del disparo y el proyectil sin dirección estalló dentro del cuarto.

Los cinco puntos

El viernes de nuestra segunda semana, Franquie y yo decidimos iniciar al día siguiente los viajes en automóvil al interior, empezando por Concepción. Para entonces nos faltaban en Santiago las entrevistas con dirigentes legales y clandestinos, y el interior de La Moneda. Las primeras requerían una preparación complicada, y Elena se ocupaba de eso con una diligencia admirable. La filmación dentro de La Moneda había sido aprobada, pero el permiso oficial escrito no sería entregado hasta la semana siguiente. De modo que Franquie y yo disponíamos del tiempo necesario para terminar el trabajo en el interior del país. Con ese fin le indicamos por teléfono al equipo francés que regresara a Santiago una vez terminado su programa del norte, y le pedimos al equipo holandés que siguiera con el programa del sur hasta Puerto Montt, y allí esperara instrucciones. Yo seguiría, como siempre, trabajando con el equipo italiano.

Tal como estaba previsto, aquel viernes íbamos a aprovecharlo filmándome a mí mismo en las calles para que los servicios de la dictadura no pudieran negar después que fui yo quien había dirigido la película dentro de Chile. Lo hicimos en cinco puntos característicos de Santiago: el exterior de La Moneda, el Parque Forestal, los puentes del Mapocho, el Cerro de San Cristóbal y la Iglesia de San Francisco. Grazia se había ocupado de localizarlos y estudiar los emplazamientos de cámara desde los días anteriores para no perder ni un minuto, pues estaba resuelto que sólo dedicáramos dos horas a cada sitio, o sea, diez horas en total. Yo llegaría unos quince minutos después del equipo, y sin hablar con ninguno de sus miembros debía incorporarme a la vida del lugar, haciendo algunas indicaciones de dirección ya acordadas con Grazia.

El Palacio de la Moneda ocupa una manzana completa, pero sus dos fachadas principales son la de la Plaza Bulnes, en la Alameda, donde está el Ministerio de Relaciones Exteriores, y la de la Plaza de la Constitución, donde está la presidencia de la República. Después de la destrucción del edificio por el bombardeo aéreo del 11 de setiembre, los escombros de las oficinas presidenciales quedaron abandonados. El Gobierno se instaló en las antiguas oficinas de la Comisión de las Naciones Unidas para el Comercio y el Desarrollo (UNCTAD) un edificio de veinte pisos que el Gobierno militar, ansioso de legitimidad, bautizó con el nombre del prócer liberal don Diego Portales. Allí permaneció hasta hace unos diez años, cuando terminaron las largas obras de restauración de La Moneda, que incluyeron la construcción adicional de una verdadera fortaleza subterránea: sótanos blindados, pasadizos secretos, puertas de escape, accesos de emergencia a un estacionamiento oficial que existía desde mucho antes debajo de la calzada. Sin embargo, en Santiago se dice que los afanes formalistas de Pinochet se han visto entorpecidos por la imposibilidad de ceñirse la banda de O'Higgins, símbolo del poder legítimo en Chile, que fue destruida en el bombardeo del palacio. En alguna ocasión, un cortesano del poder militar trató de acreditar la fábula de que la banda había sido salvada de las llamas por los primeros oficiales que ocuparon La Moneda, pero era una pretensión tan ingenua que no prosperó.

Un poco antes de las nueve de la mañana, el equipo italiano había filmado la fachada del lado de la Alameda, frente al monumento del Padre de la Patria, Bernardo O'Higgins, en el cual hay ahora una hoguera perpetua de gas propano: «La llama de la libertad». Luego se trasladaron para filmar la otra fachada, donde son más visibles los carabineros de elite de la guardia de palacio, los más apuestos y altivos, que hacen la ceremonia del relevo dos veces al día sin tantos curiosos del mundo, pero con tantos delirios de grandeza como en el palacio de Buckingham. También de ese lado es más severa la vigilancia. De modo que cuando los carabineros vieron al equipo italiano preparándose para filmar, se apresuraron a exigirle la autorización escrita que ya le habían pedido del lado de la Alameda. Era infalible: tan pronto como aparecía la cámara, en cualquier sitio de la ciudad, aparecía también un carabinero para pedir el permiso escrito.

Yo llegué en ese momento. Ugo, el camarógrafo, un muchacho simpático y resuelto que estaba divirtiéndose como un japonés con la aventura continua de la filmación, se las había arreglado para mostrar su identificación con una mano mientras seguía filmando con la otra al carabinero sin que éste se diera cuenta. Franquie me había dejado a cuatro cuadras de allí, y me recogería cuatro cuadras más adelante, quince minutos después. Era una mañana fría y brumosa, típica de nuestros otoños prematuros, y yo temblaba de frío, a pesar del abrigo invernal. Había caminado deprisa las cuatro cuadras para entrar en calor, por entre la muchedumbre apresurada, y seguí de largo dos cuadras más para dar tiempo a que el equipo acabara de identificarse. Cuando regresé, se hizo la toma de mi paso frente a La Moneda sin ningún contratiempo. Al cabo de quince minutos, el equipo recogió sus bártulos y se fue al objetivo siguiente. Yo alcancé el automóvil de Franquie en la Calle de Riquelme, frente a la estación del metro Los Héroes, y arrancamos a vuelta de rueda.

El Parque Forestal nos llevó menos tiempo del previsto, porque al verlo de nuevo comprendí que mi interés por él era más bien subjetivo. En realidad, es un lugar muy bello y un sitio característico de Santiago, sobre todo bajo los vientos de hojas amarillas de aquel viernes sedante. Pero lo que más me atraía era la búsqueda de mis nostalgias. Allí estaba la Facultad de Bellas Artes, en cuyas escalinatas presenté mi primera pieza de teatro, apenas llegado de mi pueblo.

Más tarde, siendo ya un director de cine en ciernes, tenía que atravesar el parque casi todos los días para volver a casa, y la luz de sus frondas al atardecer se me quedó enredada para siempre con el recuerdo de mis primeras películas. No había mucho más que decir. Nos bastó con establecer una corta caminata mía por entre los árboles que se despojaban de sus hojas con un susurro de lluvia, y seguí caminando hasta el centro comercial donde Franquie me esperaba.

El tiempo seguía diáfano y frío, y la cordillera era nítida por primera vez desde mi llegada. Pues Santiago está en una hondonada entre montañas, y todo se percibe a través de una bruma de contaminación. Había mucha gente a las once de la mañana en la Calle del Estado, como de costumbre, y ya estaban entrando a la primera función de los cines. En el Rex anunciaban *Amadeus,* de Milos Forman, que yo deseaba ver a toda costa, y tuve que hacer un gran esfuerzo para no entrar.

Y a la vuelta de una esquina ¡mi suegra!

En los días anteriores, mientras filmábamos, había visto de paso muchos conocidos: periodistas, gente de la política, gente de la cultura. No recuerdo ninguno que me hubiera mirado siquiera, y eso me afirmaba la confianza. Pero aquel viernes ocurrió lo que tarde o temprano tenía que ocurrir. Frente a mí, caminando hacia mí, vi una mujer distinguida, con un vestido de dril crema de dos piezas, sin abrigo, casi como en verano, a la que sólo reconocí cuando estaba a menos de tres metros. Era Leo, mi suegra. Nos habíamos visto hacía apenas seis meses en España, y además me conocía tanto que era imposible que no me identificara a tan corta distancia. Pensé volverme, pero entonces recordé que me habían advertido controlar ese impulso natural, pues muchos clandestinos que han pasado de frente sin problemas han sido reconocidos de espaldas. Tenía bastante confianza en mi suegra para no alarmarme porque me descubriera, pero no iba sola. Llevaba del brazo a una hermana suya, la tía Mina, que también me conocía, y con la cual iba conversando en voz muy baja, casi cuchicheando. Tampoco esto me habría preocupado si las circunstancias hubieran sido distintas, pero le temía a la sorpresa de ambas. No hubiera sido raro que se pusieran a gritar de emoción en plena calle: «¡Miguel, mi hijito, entraste, qué maravilla!». Cualquier cosa así. Además, era peligroso para ellas conocer el secreto de que yo estaba clandestino en Chile.

Ante la imposibilidad de hacer nada opté por seguir de frente, mirándola con la mayor intensidad de que fui capaz, para poder controlarla de inmediato en caso de que me viera. Apenas levantó la vista al pasar, se enfrentó con mis ojos fijos y aterrorizados sin dejar de hablar con la tía Mina, me miró sin verme, y nos cruzamos tan cerca que sentí su perfume, y vi sus ojos hermosos y dulces, y escuché muy claro lo que iba diciendo: «Los hijos dan más problemas cuando están grandes». Pero siguió de largo.

Hace poco le conté este encuentro por teléfono, desde Madrid, y se quedó atónita: no lo registró en su conciencia. Para mí fue una casualidad perturbadora. Aturdido por la impresión, busqué un sitio para pensar, y me metí en un pequeño cine donde estaban dando *La isla de la felicidad,* una película italiana a la cual no le faltaba nada para ser pornográfica. Estuve dentro unos diez minutos. Vi hombres esbeltos y mujeres muy bellas y alegres que se tiraban al mar en un día deslumbrante de algún rincón del paraíso. No traté siquiera de concentrarme. Pero la oscuridad me dio tiempo para recomponerme la expresión, y sólo entonces comprendí hasta qué punto habían sido rutinarios y plácidos mis días anteriores. A las once y cuarto, Franquie me recogió en la esquina de Estado y Alameda, y me llevó al próximo punto de filmación: los puentes del Mapocho.

El río Mapocho atraviesa la ciudad por un cauce adoquinado, con puentes muy bellos, cuyas magníficas estructuras de hierro los mantienen a salvo de los terremotos. En tiempos de sequía, como era el caso de entonces, su caudal se reduce a un hilo de barro líquido, que en la parte central parece estancado entre barracas miserables. En tiempos de lluvia el cauce se desborda con las crecientes que bajan de la cordillera, y las barracas quedan flotando como barquitos al garete en un mar de lodo. En los meses siguientes al golpe militar, el río Mapocho se conoció en el mundo entero por los cadáveres maltratados que arrastraban sus aguas, después de los asaltos nocturnos de las patrullas militares a los barrios marginales: las famosas poblaciones de Santiago. Pero desde hace unos años, y durante todo el año, el drama del Mapocho son las turbas hambrientas que se disputan con los perros y los buitres los desperdicios de comer, arrojados al cauce desde los mercados populares. Es el reverso del milagro chileno, patrocinado por la Junta Militar bajo la inspiración celestial de la escuela de Chicago.

Chile no solo fue un país modesto hasta el

Gobierno de Allende, sino que su propia burguesía conservadora se preciaba de la austeridad como una virtud nacional. Lo que hizo la Junta Militar para dar una apariencia impresionante de prosperidad inmediata fue desnacionalizar todo lo que Allende había nacionalizado, y venderle el país al capital privado y a las corporaciones transnacionales. El resultado fue una explosión de artículos de lujo, deslumbrantes e inútiles, y de obras públicas ornamentales que fomentaban la ilusión de una bonanza espectacular.

En un solo quinquenio se importaron más cosas que en los doscientos años anteriores, con créditos en dólares avalados por el Banco Nacional con el dinero de las desnacionalizaciones. La complicidad de Estados Unidos y de los organismos internacionales de crédito hizo el resto. Pero la realidad mostró sus colmillos a la hora de pagar: seis o siete años de espejismos se desmoronaron en uno. La deuda externa de Chile, que en el último año de Allende era de cuatro mil millones de dólares, ahora es de casi veintitrés mil millones. Basta un paseo por los mercados populares del río Mapocho para ver cuál ha sido el coste social de esos diecinueve mil millones de dólares de despilfarro. Pues el milagro militar ha hecho mucho más ricos a muy pocos ricos, y ha hecho mucho más pobres al resto de los chilenos.

El puente que lo ha visto todo

Sin embargo, en medio de aquella feria de vida y de muerte, el puente Recoleta sobre el río Mapocho es un amante neutral: sirve lo mismo para los mercados que para el cementerio. Durante el día, los entierros tienen que abrirse paso por entre la muchedumbre. De noche, cuando no hay toque de queda, aquél es el camino obligado para los clubes de tango, guaridas nostálgicas de arrabal amargo donde son campeones de baile los sepultureros. Pero lo que más me llamó la atención aquel viernes, después de tantos años sin ver esos santos lugares, fue la cantidad de jóvenes enamorados que se paseaban tomados por la cintura por las terrazas sobre el río, besándose entre los puestos de flores luminosas para los muertos de las tumbas cercanas, amándose despacio, sin preocuparse del tiempo incesante que se iba sin piedad por debajo de los puentes. Sólo en París había visto hace muchos años tanto amor por la calle. En cambio, recordaba a Santiago como una ciudad de sentimientos poco evidentes, y ahora me encontraba allí con un espectáculo alentador que poco a poco se había ido extinguiendo en París, y que creía desaparecido del mundo. Entonces recordé lo que alguien me había dicho por esos días en Madrid: «El amor florece en tiempos de peste».

Desde antes de la Unidad Popular, los chilenos de trajes oscuros y paraguas, las mujeres pendientes de las novedades y las novelerías de Europa, los bebés vestidos de conejos en sus cochecitos habían sido arrasados por el viento renovador de los Beatles. Había una tendencia definida de la moda hacia la confusión de los sexos: el unisex. Las mujeres se cortaron el pelo casi a ras y les disputaron a los hombres los pantalones de caderas estrechas y patas de elefante, y los hombres se dejaron crecer el cabello. Pero todo eso fue arrasado a su vez por el fanatismo gazmoño de la dictadura. Toda una generación se cortó el cabello antes de que las patrullas militares se lo cortaran con bayonetas, como tantas veces lo hicieron en los primeros días del golpe de cuartel.

Hasta aquel viernes en los puentes del Mapocho yo no había caído en la cuenta de que la juventud había vuelto a cambiar. La ciudad estaba tomada por una generación posterior a la mía. Los niños que tenían diez años cuando yo salí, capaces apenas de apreciar nuestra catástrofe en toda su magnitud, andaban ahora por los veintidós. Más tarde habíamos de encontrar nuevas evidencias de la forma en que esa generación que se ama a la luz pública había sabido preservarse de los silbos constantes de seducción. Son ellos los que están imponiendo sus gustos, su modo de vivir, sus concepciones originales del amor, de las artes, de la política, en medio de la exasperación senil de la dictadura. No hay represión que los detenga. La música que se oye a todo volumen por todas partes —hasta en los autobuses blindados de los carabineros, que la oyen sin saber lo que oyen— son las canciones de los cubanos Silvio Rodríguez y Pablo Milanés. Los niños que estaban en la escuela primaria en los años de Salvador Allende son ahora los comandantes de la resistencia. Esto fue para mí una comprobación reveladora, y al mismo tiempo inquietante, y por primera vez me pregunté si en realidad serviría para algo mi cosecha de nostalgias.

La duda me infundió nuevos ímpetus. Sólo por cumplir con el programa del día hice una pasada rápida por el cerro de San Cristóbal, y luego por la Iglesia de San Francisco, cuya piedra se había vuelto dorada al atardecer. Luego le pedí a Franquie que sacara del hotel mi bolso de viaje y volviera a recogerme dentro de tres horas a la salida del Cine Rex, donde entré a ver *Amadeus.* Le pedí, además, decirle a Elena que íbamos a desaparecer por tres días. Nada más. Iba contra las normas establecidas, pues Elena debía estar al corriente de mi paradero en todo momento, pero no pude evitarlo. Franquie y yo nos íbamos a Concepción sin decírselo a nadie, por todo el tiempo que fuera preciso, en un tren que salía a las once de la noche.

5

UN HOMBRE EN LLAMAS FRENTE A LA CATEDRAL

Fue una inspiración súbita, aunque tenía un fundamento racional indudable. Me parecía que el tren era el medio más seguro de viajar dentro de Chile, sin los controles que hay que sortear en los aeropuertos o en las carreteras. Y sobre todo porque se aprovechaban las noches, que eran inútiles en las ciudades por el toque de queda. Franquie no estaba muy convencido, pues sabía que los trenes son el medio de transporte más vigilado. Pero yo alegaba que, por lo mismo, son más seguros. A ningún policía se le ocurre que un clandestino suba en un tren vigilado. Franquie, al contrario, creía que la policía sabe que la gente clandestina viaja en los trenes, porque piensa que los lugares más seguros son los más vigilados. Creía, además, que un publicista rico, con una larga experiencia y grandes negocios en Europa, está dispuesto a viajar en los estupendos trenes europeos, pero no en los pobres trenes de la provincia chilena. Sin embargo, lo convenció mi argumento de que el avión de Concepción no es el más recomendable para cumplir una cita o un plan de trabajo, porque nunca se sabe si la niebla le permitirá aterrizar. La verdad, entre nosotros, es que yo hubiera preferido el tren de todos modos, por mi miedo incurable al avión.

Así que a las once de la noche tomamos el tren en la Estación Central, cuya estructura de hierro tiene la misma belleza incomprensible de la torre de Eiffel, y nos instalamos en un compartimento confortable y limpio del vagón dormitorio. Me moría de hambre, pues lo único que había comido desde el desayuno eran dos barras de chocolate que me vendieron en el cine mientras el joven Mozart daba saltos de acróbata frente al emperador de Austria. El inspector nos informó que sólo podíamos comer en el coche comedor, y que éste estaba incomunicado del nuestro por disposición reglamentaria, pero él mismo nos dio la solución: antes de que partiera el tren debíamos ir al restaurante, comer como pudiéramos y regresar al dormitorio una hora después durante la parada en Rancagua. Así lo hicimos, a toda prisa, porque ya había sonado el toque de queda, y los inspectores nos azuzaban a gritos: «Apúrense, caballeros; apúrense, que estamos violando la ley». Sólo que a los guardias de la estación de Rancagua, soñolientos y muertos de frío, no les importaba un rábano aquella violación consentida e inevitable de la ley marcial.

Era una estación helada y vacía, sin un alma, cubierta por una niebla fantasmal. Idéntica a las estaciones de las películas de deportados en la Alemania nazi. De pronto, mientras los inspectores nos apuraban, se nos adelantó a toda carrera un mozo del restaurante, con la clásica chaquetilla blanca, y llevando en la palma de la mano un plato de arroz con un huevo frito encima. Corrió unos cincuenta metros a una velocidad inconcebible sin que el plato perdiera su equilibrio mágico, se lo dio por la ventana del vagón de cola a alguien que, sin duda, le había pagado para eso, y antes que nosotros llegáramos al nuestro ya había regresado al restaurante.

Recorrimos en absoluto silencio los casi quinientos kilómetros hasta Concepción, como si el toque de queda no solo fuera obligatorio para los pasajeros de aquel tren sonámbulo, sino para todos los seres de la naturaleza. A veces me asomaba por la ventanilla, y lo único que alcanzaba a ver a través de la niebla eran estaciones vacías, campos vacíos, la vasta noche vacía de un país desocupado. La única prueba de la existencia del hombre sobre la tierra eran las interminables cercas de alambre de púa a lo largo de la carrilera, y nada detrás de las cercas, ni gente, ni flores, ni animales: nada. Me acordé de Neruda: «En todas partes pan, arroz, manzanas; en Chile, alambre, alambre, alambre». A las siete de la mañana, cuando aún faltaba mucha tierra para que se acabara el alambre, llegamos a Concepción.

Mientras decidíamos el paso siguiente pensamos en buscar donde rasurarnos. Por mí no había problema. Habría aprovechado el pretexto para dejarme crecer la barba una vez más. Lo malo era la catadura de forajidos que iban a vernos los carabineros, en una ciudad que está en la conciencia de todos los chilenos como el escenario de grandes luchas sociales. Allí nació el movimiento estudiantil de los años sesenta, allí encontró Salvador Allende un apoyo decisivo para su elección, fue allí donde el presidente Gabriel González Videla inició las represiones sangrientas de 1946, poco antes de fundar el campo de concentración de Pisagua, donde se entrenó en las artes del terror y la muerte un joven oficial llamado Augusto Pinochet.

Flores eternas en la Plaza Sebastián Acevedo

Desde el taxi que nos llevaba hacia el centro de la ciudad, a través de una niebla densa y helada, vimos la cruz solitaria en el atrio de la catedral, y el ramo de flores perpetuas mantenidas por manos anónimas. Sebastián Acevedo, un humilde minero del carbón, se había prendido fuego en ese sitio, dos años antes, después de intentar sin resultados que alguien intercediera para que la Central Nacional de Información (CNI) no siguiera torturando a su hijo de veintidós años y a su hija de veinte, detenidos por porte ilegal de armas.

Sebastián Acevedo no hizo una súplica, sino una advertencia. Como el arzobispo estaba de viaje, habló con los funcionarios del arzobispado, habló con los periodistas de mayor audiencia, habló con los líderes de los partidos políticos, habló con dirigentes de la industria y el comercio, habló con todo el que quiso oírlo, inclusive con funcionarios del Gobierno, y a todos les dijo lo mismo: «Si no hacen algo por impedir que sigan torturando a mis hijos, me empaparé de gasolina y me prenderé fuego en el atrio de la catedral». Algunos no le creyeron. Otros no supieron qué hacer. En el día señalado, Sebastián Acevedo se plantó en el atrio, se echó encima un cubo de gasolina y advirtió a la muchedumbre concentrada en la calle que si pasaban de la raya amarilla se prendería fuego. No valieron los ruegos, no valieron órdenes, no valieron amenazas. Tratando de impedir la inmolación, un carabinero pasó la raya, y Sebastián Acevedo se convirtió en una hoguera humana.

Vivió todavía siete horas, lúcido y sin dolor. La conmoción pública fue tan radical, que la policía se vio forzada a permitir que su hija lo visitara en el hospital antes de morir. Pero los médicos no quisieron que lo viera en su estado de horror, y sólo le permitieron hablar por el citófono. «¿Cómo sé yo que tú eres Candelaria?», preguntó Sebastián Acevedo al oír la voz. Ella le dijo entonces el diminutivo cariñoso con que él la llamaba cuando era niña. Los dos hermanos fueron sacados de las cámaras de tortura, tal como el padre mártir lo había exigido con su vida, y puestos a disposición de los tribunales ordinarios. Desde entonces, los habitantes de Concepción tienen también un nombre secreto para el lugar del sacrificio: Plaza Sebastián Acevedo.

¡Qué difícil es afeitarse en Concepción!

Aparecer en ese bastión histórico a las siete de la mañana, disfrazados de burgueses, pero sin afeitar, era un riesgo que no valía la pena. Además, cualquiera sabía que un ejecutivo de publicidad de estos tiempos, junto con la grabadora miniaturizada para recordar sus ideas, lleva en el maletín una afeitadora electrónica para afeitarse en los aviones, en los trenes, en el automóvil, antes de llegar a una cita de negocios. Sin embargo, tal vez no había un riesgo mayor en Concepción que buscar quien lo afeitara a uno un sábado cualquiera a las siete de la mañana. La primera tentativa la hice en la única peluquería abierta a esa hora, cerca de la Plaza de Armas, que tenía un letrero en la puerta: Unisex. Una muchacha como de veinte años estaba barriendo el salón, todavía entre sueños, y un hombre casi tan joven como ella ordenaba los frascos en el tocador.

—Quiero rasurarme —dije.

—No —dijo el hombre—; aquí no hacemos ese trabajo.

—¿Dónde lo hacen?

—Vaya más adelante —dijo—. Hay muchas peluquerías.

Caminé una cuadra, hacia donde Franquie se había quedado para alquilar un automóvil, y me encontré que estaba identificándose con dos carabineros. También a mí me lo exigieron, pero no hubo problemas. Al contrario. Mientras Franquie alquilaba el automóvil, uno de los carabineros me acompañó dos cuadras hasta otra peluquería que estaba abriendo las puertas, y se despidió con un apretón de manos.

También ahí estaba el letrero en la puerta: Unisex. Tal como en el primer salón, en éste había un hombre de unos treinta y cinco años y una muchacha más joven. El hombre me preguntó qué quería. Le dije: «Rasurarme». Ambos me miraron sorprendidos.

—No, caballero; aquí no damos ese servicio —dijo él.

—Aquí somos unisex —dijo la muchacha.

—Bueno —les dije yo—; por muy unisex que sean podrán rasurarlo a uno.

—No, caballero —dijo él—; aquí no.

Ambos me dieron la espalda. Entonces seguí caminando por las calles desoladas, a través de la niebla opresiva, y no solo me sorprendí de la cantidad de peluquerías unisex que había en Concepción, sino de la unanimidad de sus hábitos: en ninguna quisieron rasurarme. Estaba perdido en la niebla cuando un niño de la calle me preguntó:

—¿Anda buscando algo, caballero?

—Sí —le dije—, ando buscando una peluquería que no sea unisex, sino de hombres solos, como las de antes.

Entonces me llevó a una peluquería tradicional, con el cilindro de espiral rojo y blanco en la puerta y sillones rotatorios de los de mis tiempos. Había dos ancianos con los delantales sucios atendiendo a un solo cliente. Uno le cortaba el pelo y el otro le iba sacudiendo con una escobilla las pelusas que le caían en la cara y los hombros. Adentro olía a linimento, a alcohol mentolado, a botica antigua, y sólo entonces caí en la cuenta de que era el olor que había echado de menos en las peluquerías anteriores. El olor de mi infancia.

—Quisiera rasurarme —dije.

Tanto ellos como el cliente me miraron sorprendidos. El anciano de la escobilla me preguntó lo que sin duda estaban pensando los tres:

—¿De dónde es usted?

—Chileno —dije sin pensarlo, y me apresuré a corregir—, pero soy uruguayo.

Ellos no notaron que la corrección era peor que el error, sino que me hicieron caer en la cuenta de que en Chile no se decía *rasurar* desde hacía años, sino *afeitar*. Tal vez por eso en las peluquerías de jóvenes unisex no entendieron mi idioma en desuso de chileno viejo. En ésta, en cambio, se animaron con la llegada de alguien que hablaba como en sus buenos tiempos, y el peluquero que estaba libre me sentó en el sillón, me puso la sábana en el cuello, a la antigua, y abrió una navaja oxidada. Tenía por lo menos setenta años mal vividos, y era alto y fofo, con la cabeza muy blanca, y él mismo tenía una barba de tres días.

—¿Va a afeitarse con agua caliente o con agua fría? —me preguntó.

Apenas podía sostener la navaja con la mano temblorosa.

—Con agua caliente, por supuesto —le dije.

—Pues nos llevó el carajo, caballero —dijo él—, porque aquí no tenemos agua caliente, pura agüita fría.

Entonces volví a la primera peluquería unisex, y cuando dije que quería afeitarme —no rasurarme— me atendieron en seguida, pero con la condición de que me cortara el pelo. Tan pronto como acepté, el joven y la muchacha corrigieron la actitud negligente e iniciaron una larga ceremonia profesional. Ella me puso una toalla en el cuello, me lavó la cabeza con agua fría —pues tampoco allí había agua caliente— y me preguntó si quería la fórmula de mascarilla número tres, número cuatro o número cinco, y si me hacía un tratamiento para detener la calvicie. Yo le seguí la corriente, hasta que se detuvo de pronto cuando estaba secándome la cara, y dijo para sí misma: «¡Qué raro!». Yo abrí los ojos sobresaltado: «¿Qué?». Ella se ofuscó más que yo.

—¡Tiene las cejas depiladas! —dijo.

Disgustado por su descubrimiento, decidí hacerle la broma más brutal que se me ocurrió, y le pregunté con una mirada lánguida:

—¿Es que tienes prejuicios contra los maricones?

Ella se ruborizó hasta la raíz del cabello, y negó con la cabeza. Luego el peluquero se hizo cargo de mí y, a pesar del cuidado y la precisión de mis indicaciones, me cortó más de la cuenta, me peinó de otro modo y terminó por dejarme convertido otra vez en Miguel Littín. Era lógico, porque el maquillista de París había contrariado a propósito la tendencia natural de mi cabello, y el peluquero de Concepción no hizo sino volver las cosas a su lugar. No me preocupé, porque era fácil peinarme otra vez al modo de mi otro yo, como en efecto lo hice. No sin un grande esfuerzo moral, por cierto, contra mi añoranza de ser otra vez yo mismo en una remota ciudad de niebla, en la cual, de todos modos, nadie iba a reconocerme. Terminado el corte, la muchacha me condujo a la trastienda, y con toda clase de reservas, como si fuera un acto prohibido, enchufó la máquina de afeitar frente a un espejo y me la dio para que me afeitara. Sin necesidad de agua caliente, por fortuna.

Un paraíso de amor en el infierno

Franquie había alquilado el automóvil. Desayunamos en una fuente de soda con una taza de café frío, pues tampoco allí había agua caliente, y enfilamos hacia las minas de carbón de Lota y Schwager por el puente grande del Bío-Bío, el río más caudaloso de Chile, cuyas aguas de metal soñoliento eran apenas visibles en la niebla. En el siglo pasado, el escritor chileno Baldomero Lillo describió las minas y la vida de los mineros con todos sus detalles, y todavía su crónica parece actual. Es como estar en Gales hace cien años, tanto por la niebla saturada de hollín como por las condiciones de trabajo, que siguen siendo anteriores a la revolución industrial.

Había tres controles policiales antes de llegar. El más difícil, como lo habíamos previsto, fue el primero. Por eso gastamos allí casi toda nuestra artillería verbal cuando nos preguntaron qué íbamos a hacer en Lota y Schwager. Yo mismo me quedé asombrado de la fluidez de mi respuesta. Dije que habíamos venido a conocer el parque, que es uno de los más hermosos de América por sus araucarias ancianas y gigantescas, y también por la rareza de sus tantas estatuas rodeadas de pavos reales aciagos y cisnes de cuello negro. Nuestro propósito era usar el lugar para una película de publicidad que divulgara por el mundo entero el prestigio de *Araucaria,* un nuevo perfume bautizado con ese nombre en homenaje a aquel lugar idílico.

No hay policía chileno que resista una explicación tan larga, y menos si se hace con una exaltación desorbitada de las bellezas del país. Nos dieron la bienvenida, y debieron advertir de nuestro paso al segundo puesto de control, pues allí no nos pidieron identificarnos, pero nos requisaron los maletines y el automóvil. Lo único que les interesó fue la cámara super-8 —aunque no es profesional—, porque hacía falta un permiso escrito para filmar en las minas. Les aclaramos que sólo queríamos llegar hasta el parque de las estatuas y los cisnes, en lo alto de la montaña, e intenté rematarlo con una displicencia de aristócrata.

—No nos interesan los pobres —les dije.

Examinando sin mucho interés cada cosa que encontraba, uno de los carabineros replicó sin mirarme:

—Por aquí todos somos pobres.

Quedaron conformes con la requisa. Media hora después, al término de una cornisa estrecha y escarpada, pasamos el tercer control sin ningún formalismo, y llegamos al parque. Un lugar delirante, que don Matías Cousiño, el famoso criador de vinos, hizo construir para la mujer que amaba. Trajo árboles fabulosos de todos los rincones de Chile para su complacencia. Trajo animales mitológicos, estatuas de diosas improbables que simbolizan los distintos estados del alma: la alegría, la tristeza, la nostalgia, el amor. En el fondo hay un palacio de cuento de hadas, desde cuyas terrazas se ve el océano Pacífico hasta el otro lado del mundo.

Allí pasamos toda la mañana filmando con la super-8 los lugares que el equipo iría a filmar después con los permisos en regla. Desde las primeras tomas se nos había acercado un vigilante para decirnos que estaban prohibidas hasta las fotografías simples. Le repetimos el cuento de la película de publicidad para el mundo entero, pero él se atenía a sus órdenes. Sin embargo, se ofreció para acompañarnos hasta abajo, donde estaban las minas, para que solicitáramos el permiso a sus superiores.

—No vamos a filmar más ahora —le dije—. Si quiere acompañarnos para que esté más seguro.

Aceptó, y volvimos a recorrer el parque con él. Era joven y con una cara muy triste. Franquie mantenía viva la conversación, pues yo prefería no hablar más de lo indispensable con mi mal acento uruguayo. En cierto momento el vigilante tuvo ganas de fumar, y le dimos todos nuestros cigarrillos. Entonces nos dejó solos y seguimos filmando cuanto creímos necesario. No solo arriba, en el parque, sino también abajo, en el exterior de las minas. Establecimos los puntos que me interesaban: los ángulos, los lentes, las distancias, el espacio completo del gran parque, y luego la miseria de abajo, donde viven confundidos los mineros y los pescadores. Es una realidad maniquea y casi inverosímil, pero es la realidad.

El bar donde van a dormir las gaviotas

Cuando descendimos, pasado el medio día, estaban saliendo las lanchas que se aventuran a diario hasta la cercana isla de Santa María por un mar horrendo y peligroso, de enormes olas negras, con familias enteras cargadas de enseres usados y cosas y animales de comer. Las minas de carbón están en túneles profundos, que se adentran por el fondo del mar, donde trabajan miles de obreros durante todo el día en condiciones miserables. Fuera, alrededor de las entradas de los túneles, centenares de hombres y mujeres con sus niños escarban la tierra como topos, sacando con las uñas los residuos de las minas. Arriba, en el parque, el aire es puro y diáfano por el oxígeno de los árboles. Abajo se respira el polvo de carbón en la niebla, que duele en la respiración y se sedimenta en los bronquios. Visto desde arriba, el mar es de una belleza inimaginable. Abajo es turbio y fragoroso.

Ésta era una fortaleza política y emocional de Salvador Allende. En 1958 hubo allí lo que entonces se conoció como «la marcha del carbón», cuando los mineros cruzaron el puente del Bío-Bío en una muchedumbre compacta, oscura, silenciosa, que se tomó la ciudad de Concepción con banderas y pancartas, y con una determinación de lucha que puso en jaque al Gobierno. El episodio fue registrado en la película *Banderas del pueblo,* del chileno Sergio Bravo, y es uno de los más emocionantes del cine documental chileno. Allende estaba allí, y creo que fue entonces cuando tuvo la constancia decisiva del apoyo de un pueblo entero. Después, cuando fue presidente, uno de sus primeros viajes fue para dialogar con los mineros en la Plaza de Lota.

Yo estaba en su comitiva. Me llamó la atención que un hombre como él, que siempre se preció de su vitalidad juvenil a los sesenta años, dijo aquel día algo que le salió de las entrañas: «Ya he pasado la edad más temprana, ya soy casi un anciano». Los mineros pequeñitos, percudidos, herméticos, curados de promesas incumplidas durante tantos años, conversaron con él sin reservas y se constituyeron en un bastión definitivo para su victoria. Una de las primeras medidas que él tomó desde el Gobierno, tal como lo había prometido aquella tarde en Lota y Schwager, fue la nacionalización de las minas. Una de las primeras medidas de Pinochet fue privatizarlas otra vez, como hizo con casi todo: los cementerios, los trenes, los puertos, y hasta la recolección de la basura.

Terminado el plan de filmación en las minas, a las cuatro de la tarde, sin que ninguna autoridad militar ni civil se nos hubiera interpuesto, regresamos a Concepción por la vía de Talcahuano. Era difícil avanzar por la cantidad de mineros que regresaban a sus casas entre la niebla, arrastrando las carretillas con trozos de carbón rescatados de los desperdicios de las minas. Hombres minúsculos y fantasmales, mujeres menudas y fuertes cargados de enormes sacos de carbón, criaturas de pesadilla que surgían de pronto en las tinieblas, alumbradas apenas por las luces del carro.

Talcahuano, sede de la escuela naval de suboficiales, es el principal puerto militar de Chile y su astillero más activo. Se hizo célebre en los días siguientes al golpe por el triste privilegio de ser el punto de concentración obligado de los prisioneros políticos que iban a ser llevados al infierno de la isla Dawson. En las calles, revueltos con los mineros en harapos, se ven los

98

jóvenes cadetes de uniformes nevados, y no es fácil respirar el aire pervertido por el tufo terrible de las fábricas de harina de pescado, el alquitrán de los astilleros, la podredumbre del mar.

Al contrario de lo que suponíamos, no había ningún control militar de los viajeros. La mayoría de las casas estaban a oscuras, y las pocas luces en las ventanas parecían candiles de otra época. No habíamos comido nada después del café helado del desayuno, así que el encuentro imprevisto de un restaurante iluminado fue como una aparición de fábula. Más aún cuando nos dimos cuenta de que estaba lleno de gaviotas que entraban por las terrazas del mar. Nunca había visto tantas, ni nunca las había visto surgir de la oscuridad volando sobre las cabezas de los clientes impasibles, volando como si estuvieran ciegas, como atolondradas, chocando por todas partes con un escándalo de abordaje. Desayunamos a la hora de cenar, con esos mariscos prehistóricos de Chile que saben a mares territoriales, profundos y helados, y luego volvimos a Concepción. Alcanzamos el tren de Santiago cuando ya empezaba a rodar, porque encontramos cerrada la oficina donde habíamos alquilado el automóvil, y perdimos casi cuatro horas buscando a quién devolvérselo.

6

DOS MUERTOS QUE NUNCA MUEREN: ALLENDE Y NERUDA

Las poblaciones, enormes barrios marginales en las ciudades mayores de Chile, son, en cierto modo, territorios liberados —como la *casbah* de las ciudades árabes—, cuyos habitantes curtidos por la pobreza han desarrollado una asombrosa cultura de laberinto. La policía y el ejército prefieren no arriesgarse sin pensarlo más de dos veces por aquellos panales de pobres, donde un elefante puede desaparecer sin dejar rastros, y donde tienen que enfrentarse con formas de resistencia originales e inspiradas, que escapan a los métodos convencionales de represión. Esa condición histórica convirtió a las poblaciones en polos activos de definiciones electorales durante los regímenes democráticos, y han sido siempre un dolor de cabeza para los gobiernos. A nosotros nos resultaron decisivas para establecer en términos de cine testimonial cuál es el estado de ánimo popular en relación con la dictadura y hasta qué punto se conserva viva la memoria de Salvador Allende.

Nuestra primera sorpresa fue comprobar que los grandes nombres de los dirigentes en el exilio no le dicen mucho a la nueva generación que hoy tiene en jaque a la dictadura. Son los protagonistas de una leyenda de gloria que no tiene mucho que ver con la realidad actual. Aunque parezca una contradicción, éste es el fracaso más grave del régimen militar. Al principio de su gobierno, el general Pinochet proclamó su voluntad de permanecer en el poder hasta borrar en la memoria de las nuevas generaciones el último vestigio del sistema democrático. Lo que nunca se imaginó fue que su propio régimen iba a ser la víctima de ese propósito de exterminio. Hace poco, desesperado por la agresividad de los muchachos que se enfrentan a piedras en la calle contra las fuerzas de choque, que combaten con las armas en la clandestinidad, que conspiran y hacen política para restablecer un sistema que muchos de ellos no conocieron, el general Pinochet gritó fuera de sí que esa juventud hace lo que hace porque no tiene la menor idea de lo que era la democracia en Chile.

El nombre de Salvador Allende es el que sostiene el pasado, y el culto de su memoria alcanza un tamaño mítico en las poblaciones. Éstas nos interesaban, ante todo, por conocer las condiciones en que viven, el grado de conciencia frente a la dictadura, sus formas imaginativas de lucha. En todas nos respondieron con espontaneidad y franqueza, pero siempre en relación con el recuerdo de Allende. Muchos testimonios separados parecían uno solo: «Siempre voté por él, nunca por otro». Esto se explica porque Allende fue tantas veces candidato a lo largo de su vida, que antes de ser elegido se complacía en decir que su epitafio sería: *Aquí yace Salvador Allende, futuro presidente de Chile.* Lo había sido cuatro veces hasta que lo eligieron, pero antes había sido diputado y senador, y siguió siéndolo en elecciones sucesivas. Además, en su interminable carrera parlamentaria fue candidato por la mayoría de las provincias a lo largo y ancho del país, desde la frontera peruana hasta la Patagonia, de modo que no solo conocía a fondo cada centímetro cuadrado, sus gentes, sus culturas diversas, sus amarguras y sus sueños, sino que la población entera lo conoció en carne y hueso. Al contrario de tantos políticos que sólo han sido vistos en la prensa o en la televisión, o escuchados por la radio, Allende hacía política dentro de las casas, de casa en casa, en contacto directo y cálido con la gente, como lo que era en realidad: un médico de familia. Su comprensión del ser humano unida a un instinto casi animal del oficio político llegaba a suscitar sentimientos contradictorios nada fáciles de resolver. Siendo ya presidente, un hombre desfiló frente a él en una manifestación llevando una pancarta insólita: *Éste es un Gobierno de mierda, pero es mi Gobierno.* Allende se levantó, lo aplaudió y descendió para estrecharle la mano.

En nuestro largo recorrido del país no encontramos un lugar donde no hubiera un rastro suyo. Siempre había alguien a quien le había estrechado la mano, alguien a quien le había apadrinado un hijo, alguien a quien le había curado una tos perniciosa con una infusión de hojas de su patio, o le había conseguido un empleo, o le había ganado una partida de ajedrez. Cualquier cosa que él hubiera tocado se conserva como una reliquia. Donde menos lo esperábamos nos señalaban una silla mejor conservada que las otras: «Ahí se sentó una vez». O nos mostraban cualquier chuchería artesanal: «Nos la regaló él». Una muchacha de diecinueve años, que ya tenía un hijo y estaba embarazada otra vez, nos dijo: «Yo siempre le enseño a mi hijo quién fue el presidente, aunque apenas lo conocía, porque yo tenía sólo nueve años cuando se fue». Le preguntamos qué recuerdos conservaba de él, y dijo: «Yo estaba con mi padre, y vi que hablaban en un balcón agitando un pañuelo blanco». En una casa donde había una imagen de la Virgen del Carmen, le preguntamos a la dueña si había sido allendista, y nos contestó: «No lo fui: lo soy». Entonces quitó el cuadro de la Virgen, y detrás había un retrato de Allende.

Durante su Gobierno se vendían en los mercados populares unos pequeños bustos suyos, que ahora se veneran en las poblaciones con vasos de flores y lámparas votivas. Su recuerdo se multiplica en todos, en los ancianos que votaron cuatro veces por él, en los que votaron tres veces, en los que lo eligieron, en los niños que sólo lo conocen por la tradición de la memoria histórica. Varias mujeres entrevistadas repitieron la misma frase: «El único presidente que ha hablado sobre los derechos de la mujer ha sido Allende». Pues casi nunca dicen el nombre, sino que dicen «El Presidente». Como si lo fuera todavía, como si hubiera sido el único, como si estuvieran esperando que regrese. Pero lo que perdura en la memoria de las poblaciones no es tanto su imagen como la grandeza de su pensamiento humanista. «No nos importa la casa ni la comida, sino que nos devuelvan la dignidad», decían. Y concretaban:

—Lo único que queremos es lo que nos quitaron: voz y voto.

Dos muertos vivos

El culto de Allende se siente mucho más en Valparaíso, el bullicioso puerto donde nació, donde creció y se formó para la vida política.

Fue allí, en casa de un zapatero anarquista, donde leyó los primeros libros teóricos y contrajo para siempre la pasión ensimismada del ajedrez. Su abuelo, Ramón Allende, fue fundador de la primera escuela laica que hubo en Chile, y la primera logia masónica, en la cual el mismo Salvador Allende alcanzó el grado supremo de Gran Maestro. Su primera actuación memorable fue durante «los doce días socialistas» del ya mítico Marmaduque Grove, cuyo hermano se casó con una hermana de Allende.

Es extraño que la dictadura hubiera enterrado a Allende en Valparaíso, donde, sin duda, él hubiera querido ser enterrado de todos modos. Lo llevaron sin anuncios ni ceremonias en la noche del 11 de setiembre de 1973, en un primitivo avión de hélice de la Fuerza Aérea por cuyas grietas se metían los vientos helados del sur, y sólo acompañado por su esposa, Hortensia Busi, y su hermana Laura. Un antiguo miembro del servicio de inteligencia de la Junta Militar que entró con los primeros asaltantes en el Palacio de la Moneda, declaró al periodista norteamericano Thomas Hauser que había visto el cadáver del presidente «con la cabeza abierta y restos del cerebro esparcidos por el suelo y la pared». A esto se debió tal vez que cuando la señora de Allende pidió verle la cara en el ataúd, los militares se negaron a descubrírsela, y sólo pudo ver un bulto cubierto con una sábana. Lo enterraron en el cementerio de Santa

Inés, en el mausoleo familiar de Marmaduque Grove, y sin más ofrendas que un ramo de flores que depositó su esposa, diciendo: «Aquí está enterrado Salvador Allende, presidente de Chile». Se creyó en esa forma ponerla fuera del alcance de la veneración popular, pero no fue posible. La tumba es ahora un lugar de peregrinaciones permanentes, y siempre hay en ella ofrendas florales depositadas por manos invisibles. Tratando de impedirlo, el Gobierno ha hecho creer que el cadáver fue llevado a otra parte, pero las flores siguen frescas en la tumba.

El otro culto que permanece vivo en las nuevas generaciones es el de Pablo Neruda en su casa marina de Isla Negra. Esta localidad legendaria no es una isla ni es negra, aunque su nombre lo indique, sino un poblado de pescadores a cuarenta kilómetros al sur de Valparaíso por la carretera de San Antonio, con senderos de tierra amarilla entre pinos gigantescos y un mar verde y bravo de grandes olas. Pablo Neruda tuvo allí una casa que es un lugar de peregrinación para enamorados del mundo entero. Franquie y yo nos habíamos adelantado hasta allá para establecer el plan de filmación mientras el equipo italiano hacía las últimas tomas en el puerto de Valparaíso, y el carabinero de guardia nos indicó dónde estaba el puente, dónde estaba la hostería, dónde estaban otros sitios que el poeta consagró con sus versos, pero me advirtió que estaba prohibido visitar la casa.

—Puede verla por fuera —dijo.

Mientras esperábamos al equipo en la hostería comprendimos hasta qué punto el poeta había sido el alma de Isla Negra. Cuando él estaba allí, jóvenes de todo el mundo desbordaban el lugar llevando como única guía turística sus veinte poemas de amor. No querían nada, salvo verlo a él un instante, y en último caso pedirle un autógrafo, pues les bastaba con el recuerdo del lugar. La hostería era entonces un sitio alegre y bullicioso, donde Neruda aparecía de vez en cuando con sus ponchos de colorines y sus gorros andinos, enorme y lento como un Papa. Iba a hablar por teléfono —pues había hecho quitar el suyo para mayor tranquilidad— o a ponerse de acuerdo con doña Elena, la propietaria, para la preparación de una cena de amigos que ofrecía esa noche en su casa. Esto quiere decir que la cocina de la hostería era de muy altos vuelos, pues Neruda era un especialista en las exquisiteces del mundo y sabía cocinarlas como un profesional. Tenía tan refinado el culto del buen comer, que le importaba el detalle más ínfimo al poner la mesa, y era capaz de cambiar el mantel, la vajilla y los cubiertos tantas veces cuantas le parecieran necesarias para que estuvieran de acuerdo con la clase de comida que iban a servir. Doce años después de su muerte, todo aquello parecía arrasado por un viento de desolación. Doña Elena se había ido para Santiago, agobiada por los dolores de la añoranza, y la hostería estaba a punto de derrumbarse. Pero aún quedaba un vestigio de gran poesía: desde el último terremoto, en Isla Negra siguen sintiéndose temblores de tierra intermitentes cada diez, cada quince minutos, todos los días con sus noches.

La tierra tiembla siempre en Isla Negra

Encontramos la casa de Neruda a la sombra de sus pinos custodios, rodeada por los cuatro costados con una cerca de casi un metro de altura, que el poeta construyó alrededor de su vida privada. Ahora han nacido flores en la madera. Un letrero advierte que la casa está sellada por la policía, y que se prohíbe entrar y tomar fotografías. El carabinero que rondaba por allí cada cierto tiempo fue todavía más explícito: «Aquí está prohibido todo». Como esto lo sabíamos antes de llegar, el camarógrafo italiano llevó un equipo grande muy visible para que fuera retenido en la posta de carabineros y llevó escondido otro equipo portátil. Además, el grupo fue repartido en tres automóviles, con el fin de llevarse los rollos a Santiago a medida que fueran filmándose, de modo que si éramos sorprendidos sólo perderíamos el material que tuviéramos en ese momento. En caso de una sorpresa ellos fingirían no conocerme, y Franquie y yo seríamos dos turistas inocentes.

Las puertas permanecían cerradas por dentro, las ventanas habían sido cubiertas con cortinas blancas, y el mástil de la entrada no tenía bandera, pues ésta sólo se izaba para indicar que el poeta estaba en casa. Sin embargo, en medio de tanta tristeza, llamaba la atención el esplendor del jardín, que manos desconocidas se ocupan de cuidar. Matilde, la esposa de Neruda, que había muerto poco antes de nuestra visita, se llevó los muebles después del golpe militar, se llevó los libros, las colecciones de todo lo divino y lo humano que el poeta hizo a lo largo de su vida errante. No era la sencillez, sino más bien una grandilocuencia impresionante, lo que distinguía a las casas que él tuvo en distintas partes del mundo. Su fiebre de atrapar la naturaleza, no sólo en sus versos magistrales, lo condujo a tener colecciones de caracolas dementes, de mascarones de proa, de mariposas de pesadilla, de copas y vasos exóticos. En alguna de sus casas uno se encontraba de pronto con un caballo disecado que parecía vivo en el centro de una oficina. Además, entre sus grandes obsesiones creadoras, la más visible después de su poesía, y la menos gloriosa, era la de reformar a su antojo la arquitectura de sus casas. Alguna de ellas era tan original que para pasar de la sala al comedor había que dar un rodeo por el patio, y el poeta tenía paraguas disponibles para que sus invitados pudieran comer sin resfriarse en tiempos de lluvia. Nadie disfrutaba más ni se reía más que él mismo de sus propios disparates. Sus amigos venezolanos, que relacionan el mal gusto con la mala suerte, le decían que aquellas colecciones eran *pavosas.* Es decir, fatídicas. Él replicaba, muerto de risa, que la poesía es el antídoto de cualquier maleficio, y lo demostró hasta la saciedad con sus colecciones temibles.

En realidad, su residencia principal era la de la Calle del Marqués de la Plata, en Santiago, donde se murió de una vieja leucemia apresurada por la tristeza, pocos días después del golpe militar, y fue saqueada por patrullas de represión que prendieron hogueras de libros en el jardín. Con el dinero que recibió por el Premio Nobel, siendo embajador de la Unidad Popular en París, Neruda compró en Normandía la antigua caballeriza de un castillo, reformada para vivir, a la orilla de un remanso con lotos de flores rosadas. Tenía unos techos altos que parecían bóvedas de iglesia, y unos vitrales cuyas luces pintaban al poeta de colores radiantes, mientras recibía a sus amigos sentado en la cama con su atuendo y su potestad de pontífice. No alcanzó a disfrutarla un año.

Sin embargo, la casa de Isla Negra es la que los lectores identifican mejor con su poesía. Aun después de su muerte y en el estado actual de abandono, allá sigue llegando una nueva generación de enamorados que no tenían más de ocho años en vida del poeta. Llegan de todo el mundo, a pintar corazones con iniciales y a escribir mensajes de amor en la cerca que impide la entrada. La mayoría son variaciones sobre el mismo tema: *Juan y Rosa se aman a través de Pablo; Gracias, Pablo, porque nos enseñaste el amor; Queremos amar tanto como tú.* Pero hay otras que los carabineros no alcanzan a impedir ni a borrar: *El amor nunca muere, generales; Allende y Neruda viven; Un minuto de oscuridad no nos volverá ciegos.* Están escritos aun en los espacios menos pensados, y toda la valla da la impresión de que hay ya varias generaciones de letreros superpuestos por falta de espacio. Si alguien tuviera la paciencia de hacerlo podrían reconstruirse poemas completos de Neruda poniendo en orden los versos sueltos que los enamorados han escrito de memoria en las tablas de la cerca. Lo más impresionante de nuestra visita, sin embargo, era que cada diez o quince minutos aquellos letreros parecían cobrar vida con los temblores profundos que sacudían la tierra. La valla quería salirse del suelo, las maderas crujían en los goznes y se oían tintineos de copas y metales como en un balandro a la deriva, y uno tenía la impresión de que era el mundo entero el que se estremecía con tanto amor sembrado en el jardín de la casa.

A la hora de la verdad, todas nuestras precauciones fueron inútiles. Nadie decomisó las cámaras ni impidió el paso de nadie, porque los carabineros se habían ido a almorzar. Filmamos todo, no solo lo que estaba previsto, sino mucho más, pues Ugo estaba como embriagado por los temblores dentro del mar, y se metía hasta la cintura en el oleaje que reventaba con un estruendo prehistórico contra las rocas. Arriesgaba la vida, porque aun sin terremotos ese mar indomable lo habría arrastrado hasta los cantiles. Pero nadie podía impedirlo. Ugo filmaba sin parar, sin dirección, delirando en el visor, y todo el que conoce por dentro el oficio del cine sabe muy bien que es imposible dirigir ni controlar a un camarógrafo en trance.

«Grazia ascendió a los cielos»

Tal como lo habíamos previsto, cada rollo que se filmaba era mandado de urgencia a Santiago para que Grazia lo llevara a Italia esa misma noche. La fecha de su viaje no fue escogida al azar. Desde hacía una semana estábamos estudiando la manera de sacar de Chile todo el material filmado hasta entonces, pero no habíamos podido concretar las vías clandestinas previstas en el plan inicial. En esas estábamos cuando se divulgó la noticia de que llegaba de Roma el nuevo cardenal de Chile, monseñor Francisco Fresno, en reemplazo del cardenal Silva Henríquez, quien se había jubilado al cumplir los setenta y cinco años. Este último, inspirador de la Vicaría de la Solidaridad, dejaba un sentimiento de gratitud popular y una conciencia de lucha en el clero que le quitaba el sueño a la dictadura.

No era para menos. En las poblaciones más pobres hay curas que trabajan como carpinteros, como albañiles, como menestrales puros, mano a mano con los pobladores, y algunos de ellos han sido muertos por la policía en manifestaciones callejeras. No tanto por su complacencia con el nuevo cardenal —cuyo pensamiento político era todavía un enigma— como por el júbilo que le causaba el retiro del cardenal Silva Henríquez, el Gobierno interrumpió por unos días las restricciones del estado de sitio e hizo un llamado por todos los medios oficiales de difusión para que se diera una bienvenida colosal a monseñor Fresno. Pero al mismo tiempo, por si acaso, el general Pinochet se fue en un viaje de dos semanas por el norte del país, con su familia y con toda su corte de jóvenes ministros desconocidos, sin duda para que ni él ni ninguno de ellos se viera obligado a participar en la recepción impredecible. Confundida la ciudad por las decisiones oficiales contradictorias, sólo dos mil personas acudieron a la Plaza de Armas, donde caben y se esperaban por lo menos seis mil.

En todo caso, era fácil prever que aquella tarde de incertidumbre oficial era la más propicia para sacar del país la primera remesa de rollos expuestos. Esa misma noche nos llegó a

Valparaíso el mensaje cifrado: *Grazia ascendió a los cielos.* Así fue: llegó a un aeropuerto acordonado como nunca, pero también más abarrotado y anárquico que nunca, y los propios policías la ayudaron a registrar las maletas y a embarcarse sin pérdida de tiempo en el mismo avión en que acababa de llegar el cardenal.

7

LA POLICÍA EN ACECHO: EL CÍRCULO EMPIEZA A CERRARSE

Elena había pasado un fin de semana angustioso mientras yo andaba filmando en Concepción y Valparaíso sin hacer contacto con ella. Su deber era denunciar mi desaparición, pero se dio más tiempo del previsto sabiendo que yo era un improvisador impenitente. Esperó toda la noche del sábado. El domingo, viendo que no llegaba, se puso en contacto, sin ningún resultado, con quienes pudieran tener alguna pista. Se había fijado como plazo último hasta las doce del día del lunes para dar la voz de alarma, cuando me vio entrar en el hotel con cara de mal dormir y sin afeitar. Había cumplido muchas misiones muy importantes y arriesgadas, y me juró que nunca había sufrido tanto con un falso esposo indomable como había sufrido conmigo. Pero esa vez tenía un motivo adicional y justo. Al cabo de diligencias incontables, de encuentros fallidos y de una planificación milimétrica, tenía concertada para las once de la mañana de ese mismo día la entrevista con los dirigentes del Frente Patriótico Manuel Rodríguez.

Era, sin duda, la más difícil y peligrosa de cuantas habíamos previsto, y la más importante. El Frente Patriótico Manuel Rodríguez está integrado casi en su totalidad por miembros de una generación que apenas salía de la escuela primaria cuando Pinochet asaltó el poder. Se ha declarado partidario de la unidad de todos los sectores de oposición para el derrocamiento de la dictadura y el regreso a una democracia que le permita al pueblo chileno decidir con una autonomía integral su propio destino. El nombre le viene de un personaje alegórico de la independencia chilena de 1810, quien parecía tener poderes sobrenaturales para burlar todos los controles, tanto internos como externos, y mantuvo la comunicación constante entre el ejército libertador, que operaba en Mendoza, del lado argentino, y las fuerzas clandestinas que resistían en el interior de Chile, después de que los patriotas fueron derrotados y el poder reconquistado por los realistas. Muchos elementos de las condiciones de entonces tienen semejanzas más que notables con la situación actual de Chile.

Entrevistar a los dirigentes del Frente Patriótico es un privilegio con el que sueña cualquier buen periodista. Yo no podía ser una excepción. Alcancé a llegar en el último instante, después de situar a los miembros del equipo en los distintos lugares acordados. Llegué solo a un paradero de buses de la Calle Providencia con la clave de identificación: *El Mercurio* de ese día y un ejemplar de la revista *¿Qué pasa?* No tenía nada más que hacer hasta que alguien se me acercara a preguntarme: «¿Va usted para la playa?». Yo debía contestar: «No. Voy al zoológico». La clave me parecía absurda porque a nadie se le ocurriría ir a la playa en otoño, pero los dos oficiales de enlace del Frente Patriótico me dijeron más tarde, con toda la razón, que justo por ser absurda no había ninguna posibilidad de que alguien la usara por error o por casualidad. A los diez minutos, cuando ya sentía que mi presencia era demasiado notoria en un lugar tan concurrido, vi acercarse a un muchacho de estatura mediana, muy delgado, que cojeaba de la pierna izquierda y llevaba una boina que me hubiera bastado para identificarlo como un conspirador. Se dirigió a mí sin ningún disimulo, y yo le salí al paso antes de que me diera el santo y seña.

—¿No podías disfrazarte de otra cosa? —le dije riendo—. Porque así como estás hasta yo te reconocí.

Más que sorprendido, él me miró muy triste.

—¿Se me nota mucho?

—A la legua —le dije.

Era un muchacho con sentido del humor, sin ningunas ínfulas de conspirador, y esto alivió la tensión desde el primer contacto. Tan pronto como se me acercó, una camioneta de carga con el letrero de una panadería se estacionó enfrente de mí, y yo subí en el asiento junto del conductor. Entonces dimos varias vueltas por el centro de la ciudad y fuimos recogiendo en distintos puntos a los miembros del equipo italiano. Más tarde nos dejaron a todos en cinco lugares distintos, volvieron a desplazarnos por separado en otros automóviles, y al final volvieron a reunirnos en otra camioneta, donde ya estaban las cámaras, las luces y el equipo de sonido. Yo no tenía la impresión de estar viviendo una aventura seria y grave de la vida real, sino jugando a una película de espías. El enlace de la boina y la cara de conspirador había desaparecido en alguna de las tantas vueltas, y nunca más lo vi. En su lugar apareció un conductor de talante bromista, pero de un rigor inquebrantable. Yo me senté a su lado, y el resto del equipo, detrás, en el compartimento de carga.

—Los voy a llevar de paseo —nos dijo—, para que sientan el olorcito del mar chileno.

Puso la radio a todo volumen y empezó a dar vueltas por la ciudad, hasta que ya no supe dónde estábamos. Sin embargo, a él no le bastó con eso, sino que nos ordenó cerrar los ojos con un modismo chileno que yo había olvidado: «Bueno, chiquillos; ahora van a hacer tutito». En vista de que no hacíamos caso, insistió de un modo más directo:

—Apúrense, pues, no más cierren los ojitos y no los abran hasta que yo les diga, porque si no, hasta ahí va a llegar el cuento.

Nos contó que tenían para esas operaciones un modelo especial de anteojos ciegos, que desde fuera se veían como lentes de sol, pero que no se podía ver a través de ellos. Sólo que esa vez los había olvidado. Los italianos que iban detrás no entendían su jerga chilena, y tuve que traducirles.

—Duérmanse —les dije.

Entonces parecieron entender menos.

—¿Dormir?

—Como lo oyen —les dije—; acuéstense, cierren los ojos y no los abran hasta que yo les avise.

La distancia exacta: diez boleros

Se acostaron apelotonados en el suelo de la camioneta, y yo seguí tratando de identificar la barriada que empezábamos a atravesar. Pero el conductor me notificó sin más vueltas:

—Con usted también va la cosa, compañero, así que hágase tutito no más.

Entonces apoyé la nuca en el espaldar del

asiento, cerré los ojos y me dejé llevar por la corriente de los boleros que fluían sin cesar de la radio. Boleros de siempre: Raúl Chu Moreno, Lucho Gatica, Hugo Romani, Leo Marini. El tiempo pasaba, las generaciones se sucedían, pero el bolero permanecía invencible en el corazón de los chilenos, más que en ningún otro país. La camioneta se detenía cada cierto tiempo, se oían murmullos incomprensibles, y luego la voz del conductor: «Chao, nos vemos». Pienso que hablaba con otros militantes apostados en sitios cruciales, que le daban informes sobre el recorrido. Yo hice alguna vez un intento de abrir los ojos, pensando que no me veía, y entonces descubrí que él había movido el espejo retrovisor de tal modo que podía conducir o hablar con sus contactos sin quitarnos la vista de encima.

—¡Cuidadito! —nos dijo—. Al primero que abra los ojos nos volvemos para la casa y se acabó el paseo.

Yo volví a cerrarlos, y empecé a cantar con la radio: *Que te quiero, sabrás que te quiero*. Los italianos acostados en el compartimento de carga me hicieron coro. El conductor se entusiasmó.

—Eso, chiquillos, canten no más, que lo hacen muy bien —dijo—. Van en manos seguras.

Antes del exilio había algunos lugares de Santiago que identificaba con los ojos cerrados: el matadero por el olor de la sangre vieja, la comuna de San Miguel por los olores a aceites de motor y materiales de ferrocarril. En México, donde viví muchos años, sabría que estoy cerca de la salida de Cuernavaca por el olor inconfundible de la fábrica de papel, o en el sector de Azcapotzalco por los humos de la refinería. Aquel mediodía en Santiago no encontré ningún olor conocido, a pesar de que los buscaba por pura curiosidad mientras cantábamos. Al cabo de diez boleros, la camioneta se detuvo.

—No abran los ojitos —se apresuró a decirnos el conductor—. Vamos a bajar muy formales, cogidos de las manos unos con otros para que no se vayan a romper el culito.

Así lo hicimos, y empezamos a subir y bajar por un sendero de tierra suelta, quizás escarpado y sin sol. Al final nos sumergimos en una oscuridad menos fría y olorosa a pescado fresco, y por un momento pensé que habíamos bajado a Valparaíso, en la orilla del mar. Pero no habíamos tenido tiempo. Cuando el conductor nos ordenó que abriéramos los ojos nos encontramos los cinco en una habitación estrecha, con muros limpios y muebles baratos, pero muy bien mantenidos. Frente a mí estaba un hombre joven, bien vestido, con unos bigotes postizos pegados de cualquier manera. Solté la risa.

—Arréglate mejor —le dije—, que esos bigotes no te los cree nadie.

También él soltó una carcajada y se los quitó.

—Es que estaba muy apurado —dijo.

El hielo se rompió por completo, y todos pasamos bromeando a la otra habitación, donde yacía en aparente sopor un hombre muy joven con la cabeza vendada. Sólo entonces comprendimos que estábamos en un hospital clandestino, muy bien equipado, y que el herido era Fernando Larenas Seguel, el hombre más buscado de Chile.

Tenía veintiún años y era un militante activo del Frente Patriótico Manuel Rodríguez. Dos semanas antes regresaba para su casa de Santiago a la una de la madrugada, solo y desarmado, manejando su coche, cuando fue rodeado por cuatro hombres de civil con fusiles de guerra. Sin ordenarle nada, sin hacerle ninguna pregunta, uno de ellos disparó a través del cristal, y el proyectil le atravesó el antebrazo izquierdo y lo hirió en el cráneo. Cuarenta y ocho horas después cuatro oficiales del Frente Manuel Rodríguez lo rescataban a tiros de la Clínica de Nuestra Señora de las Nieves, donde estaba en estado de coma bajo vigilancia policial, y lo llevaron a uno de los cuatro hospitales clandestinos del movimiento. El día de la entrevista estaba ya en vías de recuperación y tuvo suficiente dominio para contestar nuestras preguntas.

Pocos días después de este encuentro fuimos recibidos por la dirección suprema del Frente Patriótico, con las mismas precauciones casi cinematográficas, pero con una diferencia significativa: en vez de un hospital clandestino nos encontramos en una casa de clase media, alegre y cálida, con una abrumadora colección de discos de los grandes maestros y una excelente biblioteca literaria con libros ya leídos, lo cual no es muy frecuente en muchas buenas bibliotecas. La idea original era filmarlos encapuchados, pero al final decidimos protegerlos con recursos técnicos de iluminación y encuadre. El resultado —como se ve en la película— es más convincente y humano, y desde luego mucho menos truculento que las entrevistas tradicionales a dirigentes clandestinos.

Terminados los diversos encuentros con personalidades públicas y secretas, Elena y yo decidimos de común acuerdo que ella regresara a sus actividades normales en Europa, donde vivía desde hacía algún tiempo. Su trabajo político es demasiado importante para someterla a más riesgos de los indispensables, y la experiencia adquirida hasta entonces me permitía terminar sin su ayuda los tramos finales de la película, que suponía menos peligrosos. No volví a encontrarla hasta hoy, pero cuando la vi alejarse hacia la estación del tren subterráneo, de nuevo con su falda escocesa y sus mocasines de escolar, comprendí que iba a echarla de menos, más de lo que me imaginaba, después de tantas horas de amores fingidos y sobresaltos comunes.

En previsión de que los equipos extranjeros

tuvieran que salir de Chile por fuerza mayor, o les prohibieran trabajar, un sector de la resistencia interna me ayudó a formar un equipo de cineastas jóvenes extraídos de sus filas. Fue un acierto. Este equipo hizo un trabajo tan rápido y con tan buenos resultados como el de los otros, mejorado, además, por el entusiasmo de saber lo que hacían, pues su organización política nos dio seguridades de que no solo eran de absoluta confianza, sino que estaban bien entrenados para el riesgo. Al final, cuando ya los extranjeros no eran suficientes, fue necesario tener más personal para filmar en las poblaciones, y este equipo se ocupó de crear otros, y éstos a otros, hasta el punto de que en la última semana llegamos a tener seis equipos chilenos trabajando al mismo tiempo en distintos lugares. A mí me sirvieron, además, para medir mejor el grado de determinación y la eficacia de la generación nueva que está empeñada, sin prisa y sin ruido, en liberar a Chile del desastre militar. A pesar de la edad temprana, todos tienen más que una visión del futuro. Tienen ya un pasado de hazañas incógnitas y victorias ocultas, que llevan guardado en el corazón con una gran modestia.

El círculo empieza a cerrarse

Por los días en que entrevistamos a la dirección del Frente Patriótico llegó a Santiago el equipo francés, después de cubrir con resultados excelentes el programa previsto. Era indispensable, pues el norte es una zona histórica en la formación de los partidos políticos de Chile. Allí se aprecia mejor la continuidad ideológica y política, desde Luis Emilio Recabarren, creador del primer partido obrero en el amanecer del siglo, hasta Salvador Allende. En esa zona está una de las minas de cobre más ricas del mundo, que fue industrializada por los ingleses en el siglo pasado, al mismo tiempo que la revolución industrial, y esto dio origen a nuestra clase obrera. De allí parte, además, el movimiento social chileno, sin duda el más importante de América Latina. Cuando Allende subió al poder, su medida más importante, y la más peligrosa, fue la nacionalización del cobre. Una de las primeras de Pinochet fue su restitución a los dueños tradicionales.

El informe de trabajo del director del equipo francés, Jean-Claude, fue muy detallado y amplio. Tenía que imaginármelo en pantalla para no estropear la unidad de la película, pues no podría ver las pruebas hasta que volviera a Madrid con todo terminado, y entonces sería demasiado tarde para cualquier ajuste. En parte por razones de seguridad, pero más que nada por el placer de estar en Chile, no nos reunimos en un lugar fijo, sino que recorrimos la ciudad en otra de las mañanas de ese otoño crucial. Caminamos por el centro, subimos a los autobuses menos usuales, tomamos café en los sitios más visibles, comimos mariscos con cerveza, y ya entrada la noche nos encontramos tan lejos del hotel que nos metimos en el tren subterráneo.

Yo no lo conocía, pues había sido inaugurado por la Junta Militar, aunque la construcción la inició el Gobierno de Frei y la continuó el de Allende. Me sorprendió su limpieza y su eficacia, y la naturalidad con que mis compatriotas se habían acostumbrado a viajar por debajo de la tierra. Era un mundo que hasta entonces no había descubierto, porque carecíamos de un argumento convincente para solicitar el permiso de filmación. El hecho de que hubiera sido construido por los franceses nos dio la idea de que el equipo de Jean-Claude pudiera filmarlo. Estábamos hablando de esto cuando llegamos a la estación Pedro Valdivia, y en la escalera de salida tuve la impresión inequívoca de que alguien nos estaba mirando. Así era: un policía de civil nos observaba con tanta atención que su mirada y la mía se encontraron a mitad de camino.

Para entonces ya era capaz de reconocer a un policía de civil entre la muchedumbre. Aunque ellos mismos se creen vestidos de paisano, tienen un aspecto inconfundible, con un chaquetón azul oscuro de tres cuartos, pasado de moda, y el pelo cortado casi a ras como los reclutas. Sin embargo, lo primero que los delata es su manera de mirar, pues los chilenos no miran a nadie en la calle sino que caminan o viajan en los autobuses con la vista fija. De modo que cuando vi al hombre corpulento que seguía mirándome aun después de que se supo descubierto, lo identifiqué al instante como un policía de civil. Tenía las manos en los bolsillos de la gruesa chaqueta de paño, el cigarrillo en los labios y el ojo izquierdo medio cerrado por la molestia del humo, en una imitación lastimosa de los detectives de las películas. No sé por qué me pareció que era el Guatón Romo, un sicario de la dictadura que se había hecho pasar por un izquierdista ardoroso y denunció a numerosos activistas clandestinos que luego fueron sacrificados.

Reconozco que mi error grave fue mirarlo, pero había sido inevitable, porque no fue un acto voluntario, sino un impulso inconsciente. Luego, por la misma fuerza instintiva, miré primero a mi izquierda, y enseguida a mi derecha, y vi a otros dos. «Háblame de cualquier cosa», le dije a Jean-Claude en voz muy baja. «Háblame, pero no gesticules, no mires, no hagas nada». Él comprendió, y seguimos caminando con la naturalidad de los inocentes, hasta que salimos a la superficie. Era ya de noche, pero el aire se había hecho tibio y más claro que los días anteriores, y había mucha gente que regresaba a casa por la Alameda. Entonces me aparté de Jean-Claude.

—Desaparécete —le dije—. Yo te ubico después.

Él corrió hacia la derecha y yo me perdí en la muchedumbre en sentido contrario. Tomé un taxi que pasó frente a mí en ese momento como mandado por mi madre, y entonces alcancé a ver a los tres hombres sorprendidos que acabaron de salir de la estación subterránea y no sabían a quién seguir, si a Jean-Claude o a mí, y se los tragó la muchedumbre. Cuatro cuadras más adelante descendí, tomé otro taxi en el sentido opuesto, y luego otro y otro, hasta que me pareció imposible que me estuvieran siguiendo. Lo único que no entendí, ni he podido entender todavía, es por qué habían de seguirnos. Descendí frente al primer cine que vi y me metí sin mirar siquiera el programa, convencido, como siempre, por pura deformación profesional, de que no hay ambiente más seguro y más propicio para pensar.

¿Le gusta mi poto, caballero?

Era un programa combinado de película y espectáculo vivo. No había acabado de sentarme cuando terminó la proyección, encendieron las luces a medias y el maestro de ceremonias inició una larga perorata para vender su espectáculo. Yo estaba todavía tan impresionado que seguí mirando hacia la puerta para ver si me seguían. Los vecinos empezaron a mirar también, con esa curiosidad irreprimible que es casi una ley de la conducta humana, como ocurre en la calle cuando uno mira al cielo, y la muchedumbre termina por detenerse y mirar también tratando de ver lo que uno ve. Pero allí había sin duda una razón adicional. Todo en aquel lugar era equívoco. La decoración, las luces, la combinación de cine *strip-tease*, y sobre todo los espectadores, todos hombres, y con un aspecto de fugitivos de quién sabe dónde. Todos, y yo más que todos, parecían escondidos. Para cualquier policía, con razón o sin ella, aquello hubiera sido una asamblea de sospechosos.

La impresión de espectáculo prohibido estaba muy bien dada por los empresarios, y en especial por el maestro de ceremonias, que anunciaba a las coristas en el escenario con descripciones que más bien parecían de platos suculentos en un menú. Ellas iban apareciendo a su conjuro, más en pelota que como habían venido al mundo, pues se maquillaban el cuerpo para inventarse gracias que no tenían. Después del desfile inicial quedó sola en el escenario una morena de redondeces astronómicas, que se contoneaba y movía los labios para fingir que era ella quien cantaba la canción de un disco de Rocío Jurado a todo volumen. Había pasado bastante tiempo para que me arriesgara a salir cuando ella descendió del escenario arrastrando un micrófono de serpiente y empezó a hacer preguntas de una gracia procaz. Yo estaba esperando una buena ocasión para salir cuando me sentí deslumbrado por el reflector, y oí en seguida la voz arrabalera de la falsa Rocío:

—A ver, usted, caballero, el de la calvita tan elegante.

No era yo, desde luego, sino el otro, pero era yo, por desgracia, quien tenía que responder por él. La corista se me acercó arrastrando el cable del micrófono, y habló tan cerca de mí que percibí las cebollas de su aliento.

—¿Cómo le parecen mis caderas?

—Muy bien —dije en el micrófono—; qué quiere que le diga.

Luego se volvió de espaldas y movió las nalgas casi contra mi cara.

—Y mi poto, caballero, ¿cómo le parece?

—Estupendo —dije—. Imagínese.

Después de cada respuesta mía se escuchaba una grabación de carcajadas multitudinarias en los altavoces, igual que en las comedias pueriles de la televisión norteamericana. El truco era indispensable, porque nadie se reía en la sala, sino que a todos se les notaban las ansias de hacerse invisibles. La corista se me acercó más, y seguía moviéndose muy cerca de mi cara para que viera el lunar verdadero que tenía en una nalga, negro y peludo como una araña.

—¿Le gusta mi lunar, caballero?

Después de cada pregunta me acercaba el micrófono a la boca para aumentar el volumen de mi respuesta.

—Claro —dije—, toda usted es muy bonita.

—¿Y qué haría usted conmigo, caballero, si yo le propusiera pasar una noche en la cama? Ande, cuéntemelo todo.

—Mire, no sé qué decirle —dije yo—. La amaría mucho.

Aquel suplicio no terminaba nunca. Además, en mi ofuscación había olvidado hablar como uruguayo, y quise corregir el error a última hora. Entonces me preguntó de dónde era, tratando de imitar mi acento indefinido, y cuando se lo dije, exclamó:

—Los uruguayos son muy buenos en la cama. ¿Usted no?

A mí no me quedó otro camino que hacerme el pesado.

—Por favor —le dije—, no me pregunte más.

Entonces se dio cuenta de que no había nada que hacer conmigo, y buscó otro interlocutor. Tan pronto como pareció que mi salida no sería demasiado ostensible, abandoné el lugar a toda prisa y me dirigí caminando al hotel, con la inquietud creciente de que nada de lo ocurrido aquella tarde había sido casual.

8

ATENCIÓN: HAY UN GENERAL DISPUESTO A CONTARLO TODO

Aparte de los contactos de Elena, yo había creado una vertiente marginal de trabajo con gentes amigas de antaño, que me ayudaron a formar los equipos chilenos de filmación y a movernos con entera libertad en las poblaciones. La primera persona a quien busqué, por los días en que regresé de Concepción, fue a Eloísa, una mujer elegante y bella, casada con un industrial muy conocido. Ella me llevó con su suegra, una viuda de más de setenta años, valiente e ingeniosa, que sobrellevaba la soledad moliendo folletines de televisión, cuando su sueño dorado era ser protagonista de aventuras intrépidas de la vida real.

Eloísa y yo habíamos sido cómplices de actividades políticas en la Universidad, y nuestra amistad se había consolidado durante la última campaña de Salvador Allende, en la que participamos juntos en el sector de propaganda. A los pocos días de mi llegada me enteré por casualidad de que era la estrella de una firma de relaciones públicas, y no pude resistir la tentación de hacerle una llamada anónima para comprobar que era ella. La voz serena y decidida que me contestó parecía ser la suya, en efecto, pero había algo menos convincente en su dicción. De manera que esa tarde me aposté solo en una cafetería de la Calle del Huérfano desde la cual podía verla al salir de su oficina, y así fue. No solo no se le notaban los doce años que nos habían pasado a ambos, sino que estaba más elegante y bella que nunca. Comprobé además que no tenía chófer de uniforme, como era fácil suponerlo siendo la esposa de un burgués influyente, sino que ella misma conducía un deslumbrante BMW 635 de color platinado. Entonces le mandé por correo un papel con una sola línea: «Antonio está aquí y quiere verte». Era el nombre falso con que ella me conoció durante las luchas políticas universitarias, y yo confiaba en que lo recordara.

Fue un cálculo correcto. Al día siguiente, a la una en punto, el tiburón plateado pasó a vuelta de rueda por la esquina de Apoquindo, frente a la agencia Renault. Yo salté al interior, cerré la puerta, y ella se quedó atónita hasta que me reconoció por la risa.

—¡Estás loco! —dijo.

—Qué duda te cabe —le dije.

Nos fuimos a almorzar en la hostería donde había ido solo el primer día, pero encontramos las puertas canceladas con crucetas de tablas y un letrero que más bien parecía un epitafio: *Cerrado para siempre.* Entonces nos fuimos a un restaurante francés que yo conocía por aquellos lados. No recuerdo el nombre, pero es confortable y bien servido y está frente al motel más conocido y elegante de la ciudad. Eloísa se divertía reconociendo los automóviles de los clientes que preferían hacer el amor mientras nosotros almorzábamos, y yo no me cansaba de admirar la madurez de su buen humor.

Fui al grano. Le conté sin reservas el motivo de mi estancia clandestina y le pedí su colaboración para hacer algunos contactos que podían ser menos arriesgados para una mujer como ella, protegida por los privilegios de su clase. Esto ocurría cuando todavía no teníamos resuelto el modo de filmar en las poblaciones, por falta de buenos padrinos políticos, y yo pensaba que ella podía ayudarme a encontrar algunos amigos comunes de los años de la Unidad Popular que se me habían perdido en las tinieblas de la clandestinidad.

No solo aceptó con gran entusiasmo, sino que durante tres noches me acompañó a reuniones secretas, en sectores de la ciudad donde era menos peligroso llegar con un automóvil sagrado como el suyo.

—Nadie puede creer que un BMW 635 sea enemigo de la dictadura —dijo encantada.

Gracias a eso no me arrestaron una noche en que Eloísa y yo fuimos sorprendidos en una reunión secreta por uno de los tantos apagones que provocaba la resistencia en aquellos días. Los responsables de la reunión me habían anticipado la noticia. Habría primero un apagón de cuarenta minutos, luego otro de una hora y por fin otro que dejaría a Santiago sin luz por dos o tres días. La reunión estaba prevista para muy temprano, pues las fuerzas de represión eran presa de un estado de nerviosismo casi histérico durante los apagones, y las redadas callejeras eran indiscriminadas y brutales. Luego estaría el toque de queda. Pero algo pasó que todos tuvimos inconvenientes de última hora, y aún no habíamos terminado la conversación principal cuando ocurrió el primer apagón.

Los responsables políticos de la reunión decidieron que Eloísa y yo nos fuéramos en seguida que volviera la luz y que el resto saliera después por separado. Así fue. Tan pronto como se restableció la energía salimos por una carretera sin pavimento, al borde de una montaña. De golpe, en una curva nos encontramos de frente con varias camionetas de la CNI que formaban una especie de túnel a los dos lados del camino. Los agentes de civil estaban armados con metralletas. Eloísa trató de frenar, pero yo se lo impedí.

—Es que hay que pararse —dijo ella.

—Sigue —le dije yo—. No te pongas nerviosa, sigue conversando, sigue riéndote y no te pares mientras no te lo ordenen. Yo tengo mis documentos en regla.

No acababa de decirlo cuando me toqué el bolsillo, y se me heló el hígado: no tenía la cartera con los papeles de identidad. Uno de los hombres se nos atravesó entonces en el camino con el brazo levantado, y Eloísa tuvo que parar. Nos iluminó la cara a ambos con una linterna de pilas, exploró el interior del coche con el haz de luz y nos dejó pasar sin pronunciar una palabra. Eloísa tenía razón: no era posible creer en la peligrosidad política de un automóvil como el suyo.

Una abuela en paracaídas

Fue por esos días cuando conocí a su suegra, que ambos decidimos llamar Clemencia Isaura desde la primera visita, por una asociación de ideas que nunca logramos descifrar. Le caímos sin anunciarnos en la suntuosa casa número 727 de los barrios altos, a las cinco de la tarde, y la encontramos en su estado de placidez perpetua tomándose una taza de té con galletitas inglesas mientras los disparos de armas largas resonaban en el ámbito de la sala y la pantalla de la televisión se llenaba de sangre. Llevaba puesto un vestido sastre de gran marca, con sombrero y guantes, pues tiene la costumbre de tomar el té a las cinco en punto vestida como para una fiesta de cumpleaños, aun estando sola. Sin embargo, aquellos hábitos de novela inglesa no estaban muy de acuerdo con su personalidad, pues siendo ya casada y con hijos había sido piloto de planeadores en el Canadá, y tenía una buena marca de salto en paracaídas.

Cuando supo que la buscábamos para un asunto clandestino, importante y peligroso, me dijo: «Qué bueno, porque aquí la vida es tan aburrida que uno se viste, se arregla, se pone elegante y no se sabe para qué». Sin embargo, la propuesta específica de que me ayudara a localizar cinco personas en barrios difíciles de la ciudad le causó una cierta desilusión.

—¡Si al menos fuera para poner bombas! —dijo.

Yo no quería buscar aquellos cinco hombres por los canales ordinarios de la resistencia. Todos ellos habían trabajado conmigo desde antes de la Unidad Popular. Ninguno había sido exiliado. Uno de ellos fue el que avisó a la Ely, el día del golpe militar, que me estaban fusilando frente a las oficinas de Chile Films. Otro estuvo en un campo de concentración el primer año de la dictadura, y luego siguió viviendo en Santiago con una apariencia de vida normal pero haciendo un trabajo político incansable. Otro había estado un tiempo en México, donde hizo contactos con los exiliados chilenos, y regresó con sus documentos legales a trabajar en la resistencia. Otro había colaborado conmigo en la escuela de teatro, habíamos seguido trabajando juntos en el cine y la televisión, y en la actualidad es un activo dirigente obrero. Otro había estado en Italia por dos años, y ahora es chófer de camiones de carga, lo cual le permite hacer un buen trabajo de coordinación. Los cinco habían cambiado de casa, de oficio y de identidad, y yo no tenía ninguna pista para encontrarlos. Hay más de un millar de chilenos que viven así, trabajando en la resistencia con una identidad distinta de la que tuvieron hasta 1973, y el desafío para Clemencia Isaura era encontrar el cabo del hilo para llegar hasta el ovillo.

Además, los contactos previos que ella hiciera serían indispensables porque permitirían establecer en qué estado de ánimo se encontraban mis viejos amigos antes de revelarles que yo estaba en Chile y requería de su ayuda. No sé en detalle cómo lo hizo. Apenas si tuvimos tiempo de vernos con calma antes de mi salida, y no le hice muchas preguntas concretas, porque entonces no había pensado narrar su aventura para este libro. Lo único que me dijo fue que nunca había visto en la televisión una película tan emocionante como la que había vivido.

Sé que tuvo que caminar días enteros por los

barrios marginales, preguntado aquí, averiguando allá, a partir de los pocos cabos sueltos que yo encontraba casi borrados en mis recuerdos. Le advertí que fuera vestida de un modo que le permitiera confundirse con los pobres, pero no me hizo caso. Se fue como para tomar el té con galletitas inglesas en los vericuetos fragorosos del matadero de Santiago. Debía de ser muy grande la sorpresa de quienes se veían abordados de pronto por una anciana encopetada que preguntaba por direcciones inciertas con una curiosidad sospechosa. Pero su simpatía irresistible y su calor humano infundían una confianza inmediata. El hecho es que al cabo de una semana había encontrado a tres de los perdidos, y organizó para ellos en el número 727 una comida que no habría sido mejor ni más solemne si hubiera sido una cena de gala. De allí salió la formación del primer equipo chileno y todos los contactos para filmar en las poblaciones. La protagonista inolvidable de la etapa siguiente de coordinación fue una mujer admirable, menuda, humilde, casi invisible, cuya diligencia inaudita y cuyo sentido de la organización clandestina hicieron posible que no hubiera un solo tropiezo durante la filmación en las poblaciones. El nombre con que la llamábamos, que fue el único que le conocimos, fue al mismo tiempo una definición de su imagen y un homenaje a su valor: la hormiguita invencible.

La larga búsqueda del General Electric

Mientras Clemencia Isaura trabajaba, yo había aprovechado las horas libres de la filmación para hacer contactos de altos niveles con la ayuda de Eloísa. Una noche estábamos en un restaurante de lujo esperando un emisario, que por cierto nunca llegó, cuando entraron dos generales con el pecho blindado de condecoraciones. Ella los saludó a distancia con un gesto tan familiar de la mano que me llenó de presagios oscuros. Uno de los dos se acercó a nuestra mesa y conversó de pie con Eloísa sobre frivolidades sociales durante unos minutos sin dedicarme siquiera una mirada. No pude establecer su rango, pues nunca he aprendido a hacer distinciones entre las estrellas de los generales y las de los hoteles. Cuando volvió a su mesa, ella bajó el tono de la voz, y por primera vez me habló de sus buenas relaciones con algunos militares de alto rango, a los que solía frecuentar por su trabajo.

En su opinión, uno de los factores de la persistencia de Pinochet en el poder es haber retirado del servicio a los oficiales de su generación y haberse quedado con un alto mando de oficiales nuevos que estuvieron siempre muy por debajo de él, que no son sus amigos, que apenas si lo conocen, y la mayoría de ellos le obedecen con una sumisión sin condiciones. Pero al mismo tiempo ése es su flanco más vulnerable, porque muchos oficiales nuevos piensan que no se les puede culpar del asesinato del presidente Allende ni de los años bárbaros de la represión sangrienta y de la rapiña del poder. Sienten que tienen las manos limpias, y por tanto se creen predestinados para acordar con los civiles un retorno sin dolor a la democracia. Ante mi cara de asombro, Eloísa fue más lejos: por lo menos un general que ella conocía estaba dispuesto a hacer revelaciones públicas sobre las profundas grietas internas de las Fuerzas Armadas.

—Está que se revienta por hablar —dijo.

La noticia me estremeció. La posibilidad de introducir en mi película aquel testimonio espectacular cambió por completo la perspectiva de los próximos días. Lo malo era que Eloísa no podía asumir el riesgo de hacer el primer contacto, ni hubiera tenido tiempo para intentarlo, porque dos días después se iba para Europa en un viaje de tres meses con su marido.

Sin embargo, Clemencia Isaura me convocó de urgencia a su casa unos días después y me entregó las claves que alguien le había dejado a solicitud de Eloísa para encontrar al militar inconforme, que ya habíamos bautizado con un nombre secreto: el General Electric. Me dio un tablero electrónico para jugar partidas solitarias de ajedrez, muy pequeño, con el cual yo debía ir desde el día siguiente a la Iglesia de San Francisco, a partir de las cinco de la tarde.

No recuerdo desde cuándo no entraba en

una iglesia. Una de las cosas que me llamó la atención es que había muchas mujeres y hombres leyendo novelas o periódicos, jugando solitarios, tejiendo o haciendo juegos infantiles como el del gato y el ratón. Sólo entonces entendí por qué Eloísa me había mandado con un tablero electrónico de ajedrez, que al principio me pareció lo menos adecuado para pasar inadvertido dentro de una iglesia. La gente, tal como la vi en la calle la noche de mi llegada, era muda y taciturna en la penumbra del atardecer. En realidad, la gente de Chile era así antes de la Unidad Popular. El gran cambio ocurrió cuando la candidatura de Allende tomó fuerzas y se vio que podía ganar y su victoria nos transformó de golpe en un país diferente: cantábamos en la calle, pintábamos en las paredes de la calle, hacíamos teatro y dábamos cine en la calle, y todo el mundo se confundía en manifestaciones multitudinarias donde cada uno desahogaba su júbilo de vivir.

Había esperado dos días seguidos jugando ajedrez con mi otro yo uruguayo cuando escuché detrás de mí un susurro de mujer. Yo estaba sentado, y ella se había arrodillado en el escaño detrás de mí, de modo que me hablaba casi en el oído.

—No mire ni diga nada —me dijo con voz de confesonario—, apréndase de memoria el número de teléfono y el santo y seña que le voy a dar y no salga de la iglesia antes de quince minutos después que yo.

Sólo cuando se levantó y se dirigió al altar mayor me di cuenta de que era una monja joven y muy bella. Lo único que tuve que memorizar fue el santo y seña, porque el número del teléfono lo marqué con los peones en el tablero. Se suponía que ése era el camino que me llevaría hasta el General Electric. Sin embargo, ya las cartas parecían echadas de un modo distinto. En los días siguientes llamé sin falta y con una ansiedad creciente al número indicado y siempre obtuve la misma respuesta: «Mañana».

¿Quién entiende a la policía?

Cuando menos lo esperaba, Jean-Claude me sorprendió con una mala noticia. De acuerdo con un despacho de la France Presse fechado en Santiago la semana anterior y publicado en París, tres miembros de un equipo italiano de cine que trabajaba en Chile en condiciones inciertas habían sido detenidos por la policía cuando filmaban sin permiso en la población de La Legua.

Franquie pensaba que habíamos tocado fondo. Yo traté de tomarlo con más calma. Jean-Claude no sabía que hubiera otros equipos distintos del suyo trabajando conmigo, así como los otros no sabían que hubiera un equipo francés, y su alarma era más bien por analogía: si alguien en las mismas condiciones que él había sido detenido, también él corría el riesgo de serlo. Traté de calmarlo.

—No te preocupes —le dije—, esto no tiene nada que ver con nosotros.

Tan pronto como me dejó solo fui a buscar a los italianos y los encontré sanos y salvos donde debían estar. Grazia había regresado de Europa y ya estaba incorporada al equipo. Sin embargo, Ugo me confirmó que el cable se había publicado también en Italia, aunque la agencia italiana lo había desmentido. Lo malo era que la falsa noticia se refería a ellos con sus nombres y se había divulgado con gran rapidez. Esto no era raro. Santiago, bajo la dictadura, es un enjambre de rumores. Nacen, se reproducen y se desvanecen con una profusión asombrosa varias veces al día, pero en el fondo tienen siempre un fundamento de verdad. La noticia sobre los italianos no fue una excepción. Tanto se estaba hablando de ella la noche anterior en una recepción de la embajada italiana, que cuando entraron los miembros del equipo fueron recibidos por nadie menos que el jefe de la Dirección General de Comunicaciones (DINACO), quien dijo para que lo oyeran todos los invitados:

—¿Ven? Aquí tienen ustedes a nuestros tres presos.

Grazia tuvo la impresión, antes de conocer la existencia del cable, de que los estaban siguiendo. Por último, al llegar al hotel después de la fiesta en la embajada, les pareció que alguien había revuelto las maletas y los papeles de sus cuartos, pero no hacía falta nada. Pudo haber sido una ilusión causada por el sobresalto, pero también podía ser un allanamiento de advertencia. En todo caso había razones para creer que algo real estaba ocurriendo.

Esa noche la pasé en claro escribiendo una carta al presidente de la Corte Suprema de Justicia, en la cual denunciaba mi repatriación clandestina, para tenerla lista en caso de que me capturaran. No fue una inspiración súbita, sino el resultado de una lenta reflexión que iba haciéndose más apremiante a medida que se estrechaba el círculo. Al principio la concebí como una sola frase dramática, como los mensajes que los náufragos tiraban al mar dentro de una botella. Pero en el momento de escribirla me di cuenta de que necesitaba darle a mi acción una justificación política y humana, porque en cierto modo debía expresar el sentir de miles y miles de chilenos que sobrellevaban como yo la peste del destierro. Empecé muchas veces, rompí muchas hojas de arrepentimiento, encerrado en un sombrío cuarto de hotel que era de todos modos un cuarto de exiliado dentro de mi propia tierra. Cuando terminé hacía rato que las campanas de las iglesias llamando a misa habían hecho polvo el silencio de la queda y las primeras luces se asomaban a duras penas a través de la brumas de aquel otoño inolvidable.

9

NI MI MADRE ME RECONOCE

En realidad había motivos de sobra para temer que la policía tuviera noticias de mi presencia en Chile, y de la clase de trabajo que estábamos haciendo. Llevábamos casi un mes en Santiago, los equipos habían sido vistos en público más de lo que convenía, habíamos hecho contacto con gentes muy diversas, y muchas personas sabían que era yo quien dirigía la película. Estaba tan familiarizado con mi nueva identidad, que se me olvidaba hablar en uruguayo, y en la vida real ya no me comportaba como un clandestino demasiado riguroso.

Al principio, las reuniones se hacían en automóviles sin rumbo que solíamos cambiar cada cuatro o cinco cuadras, por toda la ciudad, y era un método tan complicado que a veces incurríamos en riesgos peores que los que tratábamos de evitar. Una noche, en efecto, descendí de un automóvil en la esquina de Providencia y Los Leones, donde debía recogerme cinco minutos después un Renault-12 de color azul, y con un cartón de la Sociedad Protectora de Animales en el parabrisas. Llegó tan puntual, tan Renault-12 y tan azul brillante, que ni siquiera me fijé si llevaba el letrero, sino que subí en la parte posterior, donde iba una mujer bañada en joyas, de edad madura, pero todavía muy bella, con un perfume provocador y un abrigo de visón rosado que debía costar dos o tres veces más que el automóvil. Un ejemplar inconfundible, aunque no muy común, del barrio alto de Santiago. Al verme entrar se quedó con la boca abierta de espanto, pero yo me apresuré a calmarla con el santo y seña:

—¿Dónde puedo comprar un paraguas a esta hora?

El chófer de uniforme se volvió hacia mí y soltó un ladrido:

—Bájese, o llamo a la policía.

Me di cuenta con un golpe de vista que el cartón con el letrero no estaba en el parabrisas, y sentí en el estómago el dolor del ridículo. «Perdón», dije, «me equivoqué de automóvil». Pero ya la mujer había recobrado el ánimo. Me retuvo por el brazo, y apaciguó al chófer con una dulce voz de soprano.

—¿Estarán abiertos todavía los almacenes París? —le preguntó.

El chófer pensaba que sí, de modo que ella se empecinó en llevarme para que comprara el paraguas. Además de bella era graciosa y cálida, y daban ganas de olvidarse por una noche de la represión, de la política, del arte, para quedarse con ella en aquel ámbito saturado de su intimidad. Me dejó en la puerta de los almacenes París, y todavía se excusó de no acompañarme a buscar el paraguas, porque llevaba casi media hora de retraso para recoger a su esposo y asistir al concierto de un pianista de fama mundial cuyo nombre he olvidado.

Eran los riesgos de la costumbre. Cada vez usábamos menos frases crípticas de identificación en los encuentros clandestinos. Nos hacíamos amigos de los emisarios desde el primer saludo, y no íbamos directos al asunto, sino que nos demorábamos comentando la situación política, hablábamos de novedades de cine y literatura, de amigos comunes a quienes yo quería ver a pesar de las advertencias que me habían hecho contra esa tentación. Tal vez para subrayar su inocencia, un emisario llegó a la cita con uno de sus niños, y éste me preguntó, atragantándose de emoción: «¿Tú eres el que está haciendo una película sobre Supermán?». Así empecé a entender que se pudiera vivir escondido en Chile, como tantos centenares de exiliados que habían vuelto de incógnito y vivían su vida cotidiana, sin la tensión que yo sentía al principio. Tanto, que de no haber sido por el compromiso de la película, que no era solo con mi país y mis amigos, sino también conmigo mismo, habría cambiado de oficio y de medio social, y me habría quedado viviendo en Santiago con mi cara de siempre.

Pero un mínimo de prudencia obligaba a actuar de otro modo, ante la sospecha de que la policía nos seguía los pasos. Todavía nos quedaba pendiente la filmación dentro del Palacio de la Moneda, cuya autorización sufría aplazamientos sucesivos e incomprensibles; nos quedaban pendientes las filmaciones de Puerto Montt y el Valle Central, y la posibilidad inimaginable de entrevistar al General Electric. Por otra parte, la filmación en el Valle Central quería hacerla yo mismo, por ser la región donde nací y viví hasta la adolescencia. Mi madre seguía viviendo allí, en la pobre aldea de Palmilla, pero me habían hecho la advertencia terminante de no tratar de verla en este viaje por razones primarias de seguridad.

Lo primero que hice fue reorganizar el trabajo de los equipos extranjeros, de modo que pudieran terminar con el mínimo de riesgos lo más pronto posible para volver de inmediato a sus países. Sólo los italianos permanecerían en Santiago, para acompañarnos en la filmación de La Moneda. El francés volvería a París tan pronto como se filmara «la marcha del hambre», anunciada para los próximos días.

El equipo holandés me esperaba en Puerto

Montt, para filmar juntos hasta muy cerca del Círculo Polar, y abandonar después el país hacia Argentina por el paso fronterizo de Bariloche. En el momento en que salieran los tres equipos, el ochenta por ciento de la película estaría hecho, y el material a buen recaudo revelándose en Madrid. La Ely había estado cumpliendo una tarea tan eficaz, que cuando llegué a España encontré la película lista para el montaje.

«Littín vino, filmó y se fue»

Ante las circunstancias inciertas de aquellos días, lo más aconsejable parecía ser que Franquie y yo hiciéramos una salida falsa del país, para después entrar de nuevo con mayores precauciones. El viaje a Puerto Montt me daba una oportunidad preciosa, pues era tan fácil hacerlo por Argentina como por Chile. Así fue. Le pedí al equipo holandés que me esperara allí, cité a uno de los equipos chilenos para tres días después en el valle de Colchagua, al centro del país, y me fui con Franquie por avión a Buenos Aires. Pocas horas antes llamé a la revista *Análisis,* sin identificarme de antemano, y le concedí a la periodista Patricia Collier una extensa entrevista sobre mi paso clandestino por Santiago. Dos días después de mi salida, en efecto, la entrevista se publicó con mi foto en la portada y con un título que tenía una gotita de burla romana: *Littín vino, filmó y se fue.*

Para que todo fuera aún más realista, Clemencia Isaura nos llevó a Franquie y a mí al aeropuerto de Pudahuel, manejando su propio coche, y nos despidió con besos y lágrimas de buen teatro. Fue así como salimos de la manera más ostensible, pero vigilados de cerca por los servicios de seguridad de la resistencia, que darían la voz de alarma si fuéramos detenidos. Esto nos permitió saber, en primer término, que no estábamos fichados en el aeropuerto, y también nos permitió dejar un registro de salida para que, en caso de una investigación tardía, la policía creyera que habíamos abandonado el país.

En Buenos Aires me identifiqué con mi pasaporte legítimo, para no cometer un acto ilegal en un país amigo. Sin embargo, en el momento de presentarlo en la ventanilla de inmigración, me di cuenta de un problema imprevisto: la foto de mi documento auténtico, tomada antes de mi transformación, se parecía muy poco a mí. Era difícil reconocerme con las cejas depiladas, la calvicie más amplia, los lentes de aumento. Me habían advertido a tiempo, además, de que era tan difícil asumir una personalidad distinta como recuperar después la propia, pero cuando más necesitaba tenerlo en cuenta lo olvidé por completo. Por fortuna, el controlador de Buenos Aires no me miró a la cara, y así sobreviví al drama silencioso de no poder ser yo ni siquiera cuando en realidad lo era.

Franquie, desde Buenos Aires, debía coordinar con la Ely por teléfono muchos pormenores del trabajo restante, de acuerdo con mis instrucciones, y recoger un dinero que ella había enviado desde Madrid para los gastos finales. De modo que nos separamos allí para encontrarnos de nuevo en Santiago. Yo volé a Mendoza, siempre en territorio argentino, para hacer algunas tomas previstas de la cordillera chilena. Fue muy fácil, pues desde Mendoza se pasa a Chile por un túnel sin controles demasiado severos. Yo pasé a pie, solo y con una cámara ligera de dieciséis milímetros, hice del otro lado lo que tenía que hacer, y volví a salir en un carro de la policía chilena, cuyo conductor se compadeció de un pobre periodista uruguayo que no tenía cómo regresar a Argentina.

De Mendoza seguí a Bariloche, otra localidad fronteriza más al sur. Un barco decrépito abarrotado de turistas argentinos, uruguayos, brasileños y de chilenos que regresaban nos llevó desde allí hasta la frontera de Chile, a través de un paisaje polar deslumbrante, con inmensos precipicios de hielo y mares tormentosos. El último tramo hasta Puerto Montt fue en un transbordador de vidrios rotos por donde se metía con aullidos de lobo el viento polar, y no había dónde guarecerse del frío horroroso, ni nada que comer ni beber: ni un café, ni un vaso de vino, nada. Pero mis cálculos fueron correctos. Si mi salida de Chile había sido registrada por la policía del aeropuerto, a ésta no le era fácil imaginarse que había entrado de nuevo al día siguiente por un punto remoto a mil kilómetros de Santiago.

Poco antes de llegar al puesto de control fronterizo, un empleado del barco recogió no menos de trescientos pasaportes, que apenas fueron mirados por encima, deprisa y sin sellarlos. Salvo los chilenos, que fueron confrontados con la extensa lista de los exiliados que no podían entrar, y que estaba pegada en la pared frente a los ojos de los controladores. Para los otros, y yo entre ellos, el paso de la frontera transcurría sin tropiezos, hasta que dos oficiales, a los que no reconocí como carabineros chilenos por su atuendo polar, ordenaron abrir las maletas.

Me di cuenta de que era una requisa meticulosa, pero no me preocupé, porque estaba seguro de no llevar nada que no correspondiera a mi falsa identidad. Sin embargo, cuando abrí mi maleta saltaron fuera y rodaron por el suelo las numerosas cajetillas vacías de cigarrillos Gitane, en muchas de las cuales estaban escritas mis notas de filmación.

Yo había llegado al país con una buena provisión de Gitane para dos meses, y no me había atrevido a tirar las cajetillas, que son grandes, de cartón duro y demasiado notorias en Chile, por temor de dejar un rastro fácil para la policía. Las que desocupaba durante el trabajo las guardaba en el bolsillo, y luego las escondía por todas partes, con mayor razón si tenían notas de filmación. Hubo un momento en que aquello parecía una suerte de ilusionismo, pues tenía cajetillas vacías en todos los bolsillos de la ropa colgada en el ropero, debajo del colchón de la cama, en los bolsos de viaje, mientras se me ocurría una forma segura de deshacerme de ellas. Así caí en la angustia tantálica de los presos que cavan un túnel para escapar y no saben dónde esconder la tierra.

Cada vez que arreglaba la maleta para cambiar de hotel, me preguntaba qué iba a hacer con tantas cajetillas vacías. Por último no se me ocurrió una solución más fácil que llevármelas en la maleta, pues si me sorprendían destruyéndolas podía parecer un acto más sospechoso que la verdad. Pensaba botarlas en Argentina, pero allí las cosas ocurrieron con tanta rapidez, que ni siquiera abrí la maleta. Hasta que tuve que hacerlo en la frontera del sur, y vi con pavor el asombro y la desconfianza de los carabineros cuando me apresuré a recoger del suelo el reguero de cajetillas.

—Están vacías —dije.

No me creyeron, por supuesto. Mientras el más joven se ocupaba de otros pasajeros, el mayor abrió las cajetillas una por una, las examinó al derecho y al revés, y trató de descifrar algunas de mis notas. Yo tuve entonces un relámpago de inspiración.

—Son versitos que se me ocurren a veces —dije.

Él siguió escudriñando en silencio, y al final me miró a la cara, para ver si descifraba por mi expresión el misterio insondable de las cajetillas vacías.

—Si quiere, quédese con ellas —le dije.

—¿Y a mí para qué me sirven? —dijo él.

Entonces me ayudó a ponerlas otra vez en la maleta y atendió al pasajero siguiente. Yo quedé tan ofuscado, que no se me ocurrió tirar las cajetillas en la basura allí mismo, delante de los carabineros, sino que seguí arrastrándolas conmigo por el resto del viaje. De regreso a Madrid, no dejé que la Ely las destruyera. Me sentía tan ligado a ellas, que resolví guardarlas por el resto de mi vida, como una reliquia de tantas experiencias duras que la memoria pondría a hervir a fuego lento en las cocinas de la nostalgia.

«Hágase una foto con el futuro del país»

En Puerto Montt me esperaba el equipo holandés. La filmación allí no fue solo por la belleza de los paisajes indescriptibles, sino por la significación de aquella zona en nuestra historia reciente. Había sido el escenario de una lucha constante. Durante el Gobierno de Eduardo Frei hubo allí una represión tan brutal, que los últimos sectores progresistas se separaron del Gobierno. La izquierda democrática tomó conciencia de que no sólo su porvenir, sino el de todo el país, estaba en la unidad, y ése fue el principio de un proceso rápido e incontenible que culminó con la elección de Salvador Allende.

Terminada la filmación en Puerto Montt, y con ella todo el programa del sur, el equipo holandés salió por Bariloche hacia Buenos Aires con una buena cantidad de material filmado, para dejárselo a la Ely en Madrid. Yo me fui solo a Talca en una buena noche de tren, en la que no ocurrió nada digno de recordar, a excepción de un pollo asado que regresó sano y salvo a la cocina, pues no me fue posible trinchar siquiera su caparazón blindado. En Talca alquilé un automóvil y me fui a San Fernando, en el corazón del valle de Colchagua.

En la Plaza de Armas no había un sitio, un árbol, una piedra de los muros que no me remitiera a la infancia. Más que todos, desde luego, el vetusto edificio del Liceo, donde hice mis primeras letras. Me senté en un escaño a tomar fotos que luego me sirvieran para la película. La plaza se iba llenando poco a poco con la algarabía de los niños que entraban en la escuela. Algunos posaban frente a la cámara, otros trataban de poner frente al objetivo la palma de la mano, una niña hizo un paso de baile tan profesional, que le pedí repetirlo para tomar la foto con un fondo más adecuado; de pronto, varios niños se sentaron a mi lado, y me dijeron:

—Sáquese una foto con el futuro del país.

La frase me sorprendió, porque respondía a una que había anotado en alguna de tantas cajetillas de Gitane: Yo *diría que es casi imposible encontrar a alguien en Chile que no tenga una idea del futuro.* Sobre todo, los niños de una generación que no había conocido un país diferente, y sin embargo tenían ya una convicción propia de su destino.

Estaba acordado con el equipo chileno que nos encontraríamos a las once y media de la mañana en el puente de los Maquis. Llegué en punto por el lado derecho, y vi las cámaras instaladas en la orilla opuesta. Era una mañana limpia, perfumada por el vaho del tomillo en las frondas, y yo me sentía seguro y menos exiliado que nunca en mi tierra natal, pues me había quitado la corbata y el traje inglés de mi otro yo, y volví a ser yo mismo, con chamarra y pantalones de vaquero. La sombra de la barba de los dos días de viaje desde Buenos Aires, que yo había tenido el placer de no afeitarme, era un dato más de la identidad recuperada.

Cuando me di cuenta de que el camarógrafo me había visto a través del visor, descendí del automóvil, atravesé el puente muy despacio para darle tiempo de filmarme, y luego saludé a todos, uno por uno, estimulado por su entusiasmo y su madurez precoz. Eran de edades inverosímiles: quince, diecisiete, diecinueve años. A Ricardo, el mayor, que dirigía el equipo y tenía veintiuno, los otros le llamaban «El Viejo». Nada me alentó tanto en esos días como haberme ganado su complicidad.

Allí mismo, sobre la baranda del puente, hicimos el programa de filmación, y lo iniciamos de inmediato. Debo reconocer que mis motivos de ese día se apartaban un poco del propósito inicial, y más bien iban a rastras de los recuerdos de mi niñez. Por eso comencé con las imágenes de aquel puente de mis nostalgias, donde una partida de primas alborotadas me empujaron al agua, a los doce años, para que aprendiera a nadar a la fuerza.

Pero en el curso de la jornada, la razón original del viaje volvió a imponerse. El valle de San Fernando es una vasta zona agrícola en la cual, durante el Gobierno de Unidad Popular, los campesinos reducidos a la condición secular de siervos se convirtieron por primera vez en sujetos de derecho. Antes fue una fortaleza de la oligarquía feudal, que decidía las elecciones con los votos cautivos de sus vasallos. Durante el Gobierno demócrata cristiano de Eduardo Frei, se organizó allí la primera huelga campesina en grande, con la participación de Salvador Allende en persona. Después fue él, ya en el Gobierno, quien despojó de sus privilegios desmedidos a los señores de la tierra y organizó a los campesinos en comunidades activas y solidarias. Ahora, como un símbolo del retroceso, en el Valle Central está la casa de verano de Pinochet.

No podía irme del lugar sin llevarme la imagen de la estatua de don Nicolás Palacio, autor de *La Raza Chilena,* un libro insólito en el que se plantea que los chilenos auténticos, anteriores a las grandes emigraciones —la vasca, la italiana, la árabe, la francesa, la alemana—, son descendientes directos de los helenos de la Grecia clásica y están, por tanto, determinados y señalados por el destino para ser la fuerza hegemónica de América Latina, y para mostrar el camino de la verdad y la salvación del mundo. Yo nací muy cerca de allí, y durante toda la infancia me acostumbré a ver la estatua varias veces al día cuando pasaba para la escuela, pero nadie supo explicarme nunca de quién era. Pinochet, admirador máximo de don Nicolás Palacio, lo ha rescatado ahora de su limbo histórico con otro monumento erigido en el corazón de Santiago.

Terminamos la jornada al anochecer, apenas con tiempo para recorrer los ciento cuarenta kilómetros y llegar a Santiago antes del toque de queda. El equipo, menos Ricardo, se fue en línea recta. Ricardo se quedó conmigo al volante del automóvil, e hicimos un largo rodeo hasta el mar, señalando los sitios para filmar al día siguiente, y tan embebidos en nuestro trabajo que pasamos cuatro controles policiales sin el menor sobresalto. Después del primero, sin embargo, tuve la precaución de quitarme mi ropa informal de Miguel Littín, director de cine, y volví a ponerme mi identidad de uruguayo. No nos dimos cuenta en qué momento fueron las doce de la noche. Lo descubrimos de pronto —media hora después del toque de queda—, y vivimos un instante de zozobra. Entonces le dije a Ricardo que se saliera de la carretera principal, y nos metimos por un sendero de tierra que yo recordaba como si lo hubiera recorrido ayer, y le dije que doblara a la izquierda, que pasara el puente, que doblara a la derecha por un callejón invisible donde se oía el rumor de los animales despiertos en la oscuridad, que apagara las luces y siguiera por un sendero sin asfalto, de curvas profundas y descensos abruptos, y al final del laberinto atravesamos una aldea dormida cuyos perros alborotados alborotaron a todos los animales en los patios, y al otro lado de la aldea nos detuvimos frente a la casa de mi madre.

Ricardo no creyó, ni cree todavía, que aquello no fuera un plan premeditado. Juro que no lo fue. La verdad es que cuando comprendí que estábamos violando el toque de queda lo único que se me ocurrió fue escondernos en un atajo hasta el amanecer, pues aún faltaban cuatro controles de carabineros antes de Santiago. Sólo cuando abandonamos la carretera reconocí el camino de tierra de mi infancia, los ladridos de los perros al otro lado del puente, el olor de ceniza de las cocinas apagadas, y no pude reprimir el impulso irreflexivo de darle la sorpresa a mi madre.

«Debes ser un amigo de mis hijos»

La aldea de Palmilla, con sus cuatrocientos habitantes, sigue siendo igual a cuando yo era niño. Mi abuelo paterno —un palestino nacido en Beith Sagur— y mi abuelo materno —el griego Cristos Cucumides— llegaron entre los primeros de una oleada migratoria que se instaló desde principios de siglo alrededor de la estación del ferrocarril. La única importancia que tenía Palmilla en aquel tiempo era que allí terminaba la línea del tren que ahora comunica a Santiago con la costa. De modo que allí transbordaban los pasajeros y se descargaban los productos que venían del mar o iban para el mar, y esto había fomentado un comercio de paso que le infundió al lugar una prosperidad momentánea. Después, cuando se prolongó el ferrocarril hasta el mar, la estación se mantuvo como una parada obligatoria para echarle agua a las locomotoras durante diez minutos que muchas veces se prolongaban hasta un día entero, y los trenes pasaban pitando por la casa de

Matilde —mi abuela árabe— para anunciar la llegada. Pero la aldea no fue nunca nada más de lo que es ahora: una calle larga con algunas casas dispersas y un camino con menos casas que la calle. Más abajo hay un lugar que se llama La Calera, famosa porque cada familia fabrica un vino excelente que le dan a probar a todo el que pasa, para que diga cuál es el mejor. Fue así como La Calera se convirtió en una época en el paraíso de los borrachos de todo el país.

Matilde llevó a Palmilla las primeras revistas ilustradas, por las cuales tuvo siempre una afición insaciable, y prestaba el huerto de enfrente para los circos, los teatros ambulantes y los titiriteros. Fue allí donde se proyectaban también las pocas películas que pasaban de cuando en cuando por aquellos andurriales, y donde se me reveló la vocación desde que vi la primera, a los cinco años, sentado en las rodillas de la abuela. Era *Genoveva de Bravante,* y el recuerdo que conservo de ella es más bien de pavor, pues habían de pasar muchos años antes de que entendiera cómo era que galopaban los caballos y se asomaban aquellas caras enormes en una sábana en medio de los árboles.

La casa donde llegamos Ricardo y yo aquella noche era la del abuelo griego, donde ahora vive mi madre, Cristina Cucumides, y donde viví hasta la adolescencia. Fue construida en el año cero, y conserva aún el estilo tradicional del campo chileno, con corredores largos, pasadizos sombríos, habitaciones laberínticas, cocinas enormes, y más allá el establo y los potreros. El lugar donde está se llama Los Naranjos, y se siente de veras un olor inmóvil de naranjas agrias, y hay una fronda de bugambilias y toda clase de flores luminosas.

La emoción de encontrarme allí fue tan intensa, que me bajé del carro antes de que frenara. Entré por los pasillos desiertos, crucé el patio en tinieblas, y el único que salió a recibirme fue un perro bobalicón que se me enredó entre las piernas, pero seguí caminando sin percibir el menor vestigio humano. A cada paso rescataba un recuerdo, una hora de la tarde, un olor olvidado. Al final de un largo pasillo me asomé a la puerta de la sala alumbrada apenas por una luz pálida, y allí estaba mi madre.

Fue una visión extraña. La sala es muy grande, de techos altos y paredes lisas, y no había más muebles que un sillón donde estaba sentada mi madre, de espaldas a la puerta y con un brasero a su lado, y otro sillón igual donde estaba sentado su hermano, mi tío Pablo. Permanecían en silencio, ambos mirando un mismo punto con la candidez complacida con que hubieran mirado la televisión, pero en realidad no miraban nada más que la pared desnuda. Caminé hacia ellos sin tratar de no hacer ruido, y en vista de que no se movían, dije:

—Bueno, pero aquí no saluda nadie, caray.

Entonces mi madre se levantó.

—Debes ser un amigo de mis hijos —dijo—. Te doy un abrazo.

El tío Pablo no me veía desde que me fui de Chile doce años antes, y no se movió siquiera en el sillón. Mi madre me había visto en setiembre del año anterior en Madrid, pero aún cuando se levantó para abrazarme seguía sin reconocerme. Así que la agarré por los brazos y la sacudí tratando de sacarla del estupor.

—Pero mírame bien, Cristina —le dije, mirándola a los ojos—, soy yo.

Ella volvió a mirarme con otros ojos, pero no pudo identificarme.

—No —dijo—, no sé quién eres.

—Pero cómo no vas a conocerme —dije, muerto de risa—. Soy tu hijo Miguel.

Entonces volvió a mirarme y el rostro se le descompuso con una palidez mortal.

—Ay —dijo—, voy a desmayarme.

Tuve que sostenerla para que no se cayera, mientras el tío Pablo se incorporaba en el mismo estado de conmoción.

—Esto es lo último que esperaba ver —dijo—, ya puedo morirme en paz ahora mismo.

Me precipité a abrazarlo. Parecía un pajarito, con la cabeza muy blanca y envuelto en una manta de viejo, a pesar de que sólo es mayor que yo cinco años. Se casó y se separó una vez, y desde entonces se fue a vivir en casa de mi madre. Siempre fue muy solitario y ya parecía viejo desde niño.

—No joda, tío —le dije—, no me vaya a hacer la huevada de morirse ahora. Traiga una botella de vino para celebrar el regreso.

Mi madre nos interrumpió, como siempre, con una revelación sobrenatural.

—Yo tengo listo el *mastul* —dijo.

No lo creí hasta que no lo vi en la cocina. Y no era para menos. El *mastul* sólo se prepara en las casas griegas para celebrar las grandes ocasiones, pues su elaboración es muy dispendiosa. Es un guiso de cordero, con garbanzos y bolitas de sémola, semejante al cuscús árabe, y era el primero que mi madre preparaba aquel año sin ningún motivo. Por pura inspiración.

Ricardo comió con nosotros y luego se retiró a dormir, sin duda para dejarnos en completa intimidad. Poco después se retiró mi tío, y mi madre y yo seguimos conversando hasta el amanecer. Siempre hemos hablado mucho ella y yo, más bien como amigos, porque nuestras edades no son muy diferentes. Se casó con mi padre a los dieciséis años y me tuvo un año después, de modo que recuerdo muy bien cómo era cuando tenía veinte años, muy bonita y tierna, y jugaba conmigo como si yo no fuera un hijo, sino una más de sus muñecas de trapo.

Estaba radiante con mi regreso, pero un poco descorazonada con mi nuevo modo de vestir, pues siempre le gustó verme con mis atuendos de estibador. «Pareces un cura», me dijo. No le revelé la razón del cambio, ni las condiciones y el motivo de mi entrada en Chile, que ella suponía legal. Preferí mantenerla al margen de mi aventura, para no inquietarla, desde luego, pero sobre todo para no comprometerla.

Antes de que empezara a clarear me llevó de la mano a través del patio sin decirme para qué, alumbrándose con una vela en su palmatoria como en las novelas de Dickens, y me dio la gran sorpresa del viaje. En el fondo del patio estaba el estudio que yo tenía en mi casa de Santiago cuando escapé al exilio, tal como lo dejé, y con todo lo que tenía dentro.

Después que los militares allanaron la casa por última vez y tuve que irme para México con la Ely y los niños, mi madre contrató un arquitecto amigo que desarmó el estudio tabla por tabla, y lo reconstruyó idéntico en la vieja casa familiar de Palmilla. Adentro era como si no me hubiera ido nunca. En el mismo lugar en que yo los había dejado, aun en el mismo desorden, estaban mis papeles de toda la vida, obras juveniles de teatro, proyectos de guiones, esquemas de escenarios. El aire tenía el mismo color, el mismo olor, y hasta pensé que era la misma fecha y la misma hora en que había visto el estudio por última vez. Me sacudió un estremecimiento muy hondo, porque en aquel instante no pude precisar si mi madre había hecho aquella reconstrucción meticulosa para que yo no extrañara mi casa de antes si alguna vez regresaba, o para recordarme mejor si me moría en el exilio.

10

FINAL FELIZ CON LA AYUDA DE LA POLICÍA

Esta vez el regreso a Santiago fue la vuelta a la zozobra. La impresión de que el círculo se estrechaba cada vez más en torno a nosotros era casi palpable. «La marcha del hambre» había sido reprimida con una brutalidad sangrienta, y la policía había golpeado a algunos miembros de nuestros equipos y destrozado una cámara. Las personas que frecuentábamos por nuestro trabajo tenían la impresión de que nadie había creído en la maniobra de la salida, y hasta Clemencia Isaura estaba convencida de que nos habíamos metido como santos inocentes en la cueva de los leones. Las gestiones para encontrar al general disidente estaban bloqueadas por la eterna respuesta: «Vuelva a llamar mañana». Ése era el estado de ánimo imperante cuando el equipo italiano fue notificado de que la filmación en La Moneda estaba autorizada para el día siguiente a las once de la mañana.

Era imposible no creer que se trataba de una trampa mortal. Yo estaba dispuesto a correr el riesgo, pero era una responsabilidad muy grande la de ordenarles a los italianos que entraran en las oficinas presidenciales sin saber si era meterlos en una ratonera. Ellos, sin embargo, aceptaron hacerlo bajo su responsabilidad y con plena conciencia del riesgo. El equipo francés, por su parte, no tenía por qué permanecer más tiempo en Santiago. Así que los reuní de urgencia y les indiqué que salieran de Chile en el primer avión, llevando consigo todo el material filmado que nos quedaba por enviar a Madrid. Se fueron esa tarde, a la hora justa en que el equipo italiano, dirigido por mí, filmaba en el despacho del general Pinochet.

Antes de ir a La Moneda le entregué a Franquie la carta para la Corte Suprema de Justicia, que llevaba en el maletín desde hacía varios días sin decidirme a mandarla, y le pedí que la entregara de inmediato y en persona, como en efecto lo hizo. También le dejé los números de los teléfonos que Elena nos había dado para casos de emergencia grave. A las once menos cuarto me dejó en una esquina de Providencia, donde me reuní con el equipo italiano en gran completo, y seguimos todos juntos hasta el Palacio de la Moneda. La paradoja final fue que esta vez me había despojado del disfraz de publicista uruguayo, y me puse los pantalones vaqueros y la chamarra forrada por dentro con piel de conejo. Fue una decisión de última hora, porque los antecedentes de Grazia, como periodista, los de Ugo como comarógrafo, y los de Guido como sonidista, habían sido investigados a fondo. A sus ayudantes, en cambio, ni siquiera les pidieron identificación, a pesar de que sus nombres también figuraban en la solicitud del permiso. Eso resolvió mi situación: entré como ayudante de iluminación, cargado de cables y reflectores.

Filmamos dos días completos con toda tranquilidad y buena técnica, bajo la guía de tres oficiales jóvenes, muy amables, que se turnaban para atendernos. Indagamos todo lo que tenía que ver con la restauración, pues Grazia se había preparado muy bien sobre Toesca y la arquitectura italiana en Chile, para que nadie dudara de que era ése y sólo ése el motivo de la película. Pero también los militares estaban bien preparados. Nos contaban con mucha seguridad el significado y la historia de cada estancia del palacio, y la forma en que fue restaurado en relación con el edificio anterior, pero hacían prodigios de evasivas y circunloquios para no referirse al 11 de setiembre de 1973. La verdad es que la restauración se hizo con una gran fidelidad a los planos originales. Tapiaron unas puertas, abrieron otras, derribaron muros, cambiaron tabiques de lugar y eliminaron la entrada de Morandé 80, por donde los presidentes recibían las visitas privadas. Fueron tantos los cambios que alguien que hubiera conocido el palacio antiguo no sabría orientarse en el nuevo.

Los oficiales que nos atendían pasaron un mal rato cuando les pedimos mostrarnos el original del Acta de Independencia que estuvo expuesta durante años en la sala del Consejo de Ministros, y que sabíamos destruido en el bombardeo. Nunca lo admitieron, sino que prometían conseguirnos más tarde un permiso especial para filmarlo, y siempre más tarde y más tarde, hasta que terminamos la filmación. Tampoco pudieron decirnos dónde estaba el escritorio de don Diego Portales, y tantas reliquias que los presidentes anteriores habían ido dejando a lo largo de los años, para un pequeño museo histórico que fue arrasado por las llamas. Tal vez los bustos de todos los presidentes desde O'Higgins corrieron la misma suerte, aunque es corriente la versión de que el Gobierno militar los retiró de la galería donde estuvieron siempre para no verse forzados a poner también el de Salvador Allende. En general, la impresión que se tiene después del recorrido completo del palacio es que todo se ha cambiado a fondo con el propósito único de borrar hasta el último vestigio del presidente asesinado.

El segundo día en La Moneda, como a las once de la mañana, percibimos de pronto una agitación invisible en el aire y sentimos ruidos apresurados de botas y fierros marciales. El oficial que nos acompañaba sufrió un cambio súbito del humor y nos ordenó con un gesto brutal apagar las luces y parar las cámaras. Dos escoltas de civil se plantaron sin disimulos frente a nosotros dispuestos a impedir que intentáramos seguir filmando. No supimos qué sucedía, hasta que vimos pasar al general Augusto Pinochet en persona, verdoso y abotagado, caminando hacia su despacho con un ayudante militar y dos civiles. Fue una visión instantánea que no nos dio tiempo de nada, pero pasó tan cerca de nosotros, sin mirarnos, que oímos con toda claridad lo que dijo al pasar:

—A las mujeres no hay que creerles ni la verdad.

Ugo se quedó petrificado, con el dedo tenso en el gatillo de la cámara, como si estuviera viendo pasar su destino. «Si alguien hubiera ido a matarlo», nos dijo más tarde, «le hubiera resultado muy fácil». Aunque todavía nos quedaban por delante tres horas de trabajo, ninguno de nosotros se sintió con ánimo de seguir filmando aquel día.

Un loco en el restaurante

Tan pronto como terminamos con La Moneda, el equipo italiano salió del país con el material restante y sin ningún contratiempo. Se completaban así treinta y dos mil doscientos metros de película filmada. La versión final, después de seis meses de edición en Madrid, quedó reducida a cuatro horas para televisión y dos para el cine.

Aunque el programa original quedaba terminado, Franquie y yo nos quedamos cuatro días más, con la esperanza de lograr el contacto con el General Electric. Durante dos días fui cada seis horas a una misma cafetería, tal como me lo indicaron por teléfono. Me sentaba, esperaba sin prisa, leyendo una vez más el ejemplar de *Los Pasos Perdidos* que me servía de amuleto para volar. El contacto esperado, una chica angelical de veinte años con el uniforme de la remilgada escuela de *La Maisonette,* llegó en la penúltima cita y me dio las claves para el paso siguiente: el conocido restaurante Chez Henri, en Portales, donde yo debía estar esa tarde desde las seis con un ejemplar de *El Mercurio* y una revista de historietas.

Llegué con un poco de retraso porque el taxi se embotelló en la manifestación callejera de un nuevo movimiento de resistencia pacífica contra la dictadura, surgido a raíz del sacrificio de fuego de Sebastián Acevedo en Concepción.

Mientras los carros de la policía trataban de dispersarlos con chorros de agua a alta presión, más de doscientos manifestantes ensopados hasta el tuétano permanecían impasibles contra la pared, cantando himnos de amor. Todavía conmovido por aquella demostración sublime, me senté en un taburete del bar a leer la página editorial de *El Mercurio*, como la colegiala me lo había indicado, a la espera de que alguien se acercara a preguntarme: «¿A usted le interesan mucho las páginas editoriales?». Yo debía contestar que sí. El otro debía preguntarme por qué, y yo debía contestar: «Porque traen información de tipo económico que me interesa mucho para mi profesión». En seguida saldría del restaurante y encontraría un automóvil esperándome en la puerta.

Había leído tres veces las páginas editoriales completas, cuando alguien pasó por detrás de mí y me dio un golpecito con el codo en los riñones. Me dije: «Éste es». Miré. Era un hombre de unos treinta años, lento y de espaldas macizas, que siguió de largo hasta los lavabos. Pensé que su señal había querido decir que lo siguiera hasta allí, pero no lo hice, pues faltaba el santo y seña. Seguí vigilando el lavabo, hasta que regresó por donde había pasado antes y me dio otro golpecito igual que el primero. Entonces me volví y le vi la cara. Tenía una nariz de coliflor, los labios amorcillados, las cejas rotas.

—Hola —me dijo—. ¿Cómo te ha ido?

—Bien, muy bien —le dije.

Se sentó en el taburete de al lado y me habló con mucha familiaridad.

—¿Te acuerdas de mí?

—Claro, hombre —le contesté por seguirle la onda—, cómo no.

Así seguimos unos minutos más, y yo dejaba ver el periódico de un modo ostensible para que él recordara el santo y seña. Pero no cayó en la cuenta. Siguió a mi lado, mirándome.

—Bueno —dijo—, ¿por qué no me invitas a un café?

—Hombre, con mucho gusto.

Ordené dos cafés al camarero, pero éste puso sólo uno en el mostrador.

—Le pedí dos —dije—. Uno para el señor.

—Ah, sí —dijo el camarero—, lueguito se lo servimos.

—¿Pero, por qué no lo sirve ahora mismo?

—Sí —dijo—, ya se lo vamos a servir.

Pero no lo sirvió. Lo más curioso era que al hombre no parecía importarle, y la extravagancia de la situación aumentó mi nerviosismo. Me puso la mano en el hombro y me dijo:

—Me parece que usted no se acuerda de mí, ¿eh?

En ese momento tomé la decisión de irme.

—Mire —le dije—, para serle franco, no me acuerdo.

Él sacó de la billetera un recorte de prensa

manoseado y amarillento y me lo puso frente a los ojos.

—Yo soy éste —me dijo.

Entonces lo reconocí. Era un antiguo campeón de boxeo, muy conocido en la ciudad, más por su desequilibrio mental que por sus glorias pasadas. Dispuesto a marcharme antes de convertirme en el centro de la atención, pedí la cuenta.

—¿Y mi café? —dijo él.

—Tómeselo en otra parte —le dije—. Puedo darle el dinero.

—¡Cómo que me va a dar el dinero! —dijo él—. ¿Usted cree que porque me noquearon estoy tan jodido que ya no tengo dignidad? ¡No me venga con huevadas!

Gritaba de tal modo que todas las miradas del local se volvieron hacia nosotros. Entonces agarré su tremenda muñeca de boxeador y lo apreté con estas manos de leñador que por fortuna heredé de mi madre.

—Usted se queda tranquilo, ¿me entiende? —le dije mirándolo a los ojos—. ¡Ni una palabra más!

Estuve de suerte, porque se calmó con la misma rapidez con que se había exaltado. Pagué de prisa, salí a la noche glacial y me fui al hotel en el primer taxi. En la recepción encontré un mensaje urgente de Franquie: *Me llevé tus maletas para el 727.* No necesitaba más. El 727 era el nombre secreto con que Franquie y yo conocíamos la casa de Clemencia Isaura, y el hecho de que él hubiera llevado mi equipaje para allá después de abandonar el hotel a las volandas era un indicio final de que el círculo había acabado de cerrarse. Salí disparado para allá, cambiando de taxi y de sentido cada vez que se me ocurría, y encontré a Clemencia Isaura en su estado de placidez inmortal, viendo una película de Hitchcock en la televisión.

«O te vas o te sumerges»

El recado que Franquie me dejó con ella era muy explícito. Esa tarde habían llegado un par de agentes civiles preguntando por nosotros al hotel. Tomaron notas de nuestras fichas de registros. El portero se lo contó a Franquie y él fingió no darle ninguna importancia a una diligencia que bien podía ser de rutina bajo el estado de sitio. Canceló las habitaciones sin demostrar ninguna inquietud, pidió al portero que le llamara un taxi para ir al aeropuerto internacional y se despidió con un apretón de manos y una propina inolvidable. Pero el portero no tragaba crudo. «Puedo arreglarles un hotel donde no les encontrarán nunca», había dicho. A Franquie, desde luego, le pareció más prudente hacerse el desentendido.

Clemencia Isaura me tenía el cuarto listo para dormir y había despachado a la criada y al chófer para que no hubiera oídos en las paredes ni ojos en los espejos. Mientras me esperaba, había preparado una cena espléndida, con velas, vinos de gran clase y sonatas de Brahms, su autor favorito. Prolongó la sobremesa hasta muy tarde chapaleando en el pantano de sus frustraciones tardías. No se resignaba a la realidad de haber perdido la vida criando hijos para los momios, jugando canasta con matronas imbéciles, para terminar tejiendo calcetas de lana frente a los folletones de lágrimas de la televisión. A los setenta y dos años descubría que su verdadera vocación había sido la lucha armada, la conspiración, la embriaguez de la acción intrépida.

—Para morirme en una cama con los riñones podridos —dijo—, prefiero que me cosan a plomo en un combate callejero con los milicos.

Franquie llegó a la mañana siguiente, con un automóvil alquilado distinto del que teníamos los días anteriores. Llevaba un mensaje categórico que me llegó por tres vías distintas: «O te vas o te sumerges». Lo último, que equivalía a esconderme sin seguir trabajando, era una opción impensable. Franquie opinaba lo mismo y había conseguido ya las dos únicas plazas disponibles en el avión que salía esa tarde para Montevideo.

Era el acto final. La noche anterior había liquidado al primer equipo chileno, con instrucciones de que éste liquidara a los otros, y entregó a un emisario de la resistencia las tres últimas latas de películas expuestas para que las sacaran del país lo más pronto posible. Lo hicieron tan bien que cuando llegamos a Madrid, cinco días después, ya Ely las había recibido. Se las había llevado a la casa una monja joven y encantadora, idéntica a Santa Teresita de Jesús, que no quiso quedarse a almorzar porque tenía que cumplir esa mañana otras tres misiones secretas antes de regresar a Chile esa misma noche. Hace poco descubrí, por una casualidad increíble, que era la misma monja que me había servido de contacto en la Iglesia de San Francisco, en Santiago.

Yo me negaba a irme mientras existiera una posibilidad de entrevistar al General Electric. El contacto había vuelto a perderse en el restaurante, pero mientras desayunábamos en la casa de Clemencia Isaura hice una nueva llamada y la misma voz femenina de siempre me pidió llamarla otra vez dos horas más tarde para una respuesta definitiva: sí o no. Entonces decidí que si un minuto antes de que saliera el avión conseguía el contacto, me quedaría en Santiago sin pensar en el riesgo. Si no, me iría para Montevideo. Me había planteado la entrevista como un asunto de honor y me dolía en el alma no rematar con ella mis seis semanas de gracias y desgracias en Chile.

La segunda llamada tuvo el mismo resultado: había que repetirla otra vez dentro de dos horas. Tenía, pues, dos posibilidades más antes de la salida del avión. Clemencia Isaura se empeñó en darnos un revólver de salteador de caminos que su esposo mantuvo siempre debajo de la almohada para espantar a los ladrones, pero logramos convencerla de que era una imprudencia. Nos despidió bañada en lágrimas, y no creo que fuera tanto por el afecto real que nos tenía como por el dolor de quedarse sin la emoción de nuevas aventuras. En rigor, allí se quedó mi otro yo. Saqué las cosas personales indispensables, las puse en un pequeño maletín de mano y le dejé a Clemencia Isaura la maleta de ruedas con los trajes ingleses, las camisas de hilo con los monogramas ajenos, las corbatas italianas pintadas a mano, la suntuosa parafernalia de salón del hombre que más había detestado en la vida. Lo único que conservé de él fue lo que llevaba puesto, y lo olvidé a propósito tres días después en un hotel de Río de Janeiro.

Las dos horas siguientes las gastamos comprando regalos chilenos para mis hijos y para los amigos del exilio. Desde una cafetería cercana de la Plaza de Armas llamé por tercera vez y obtuve la misma respuesta: volver a llamar dentro de dos horas. Pero entonces no me contestó la mujer, sino un hombre que dio el santo y seña correcto y me advirtió que si la próxima vez no habían establecido el contacto era imposible hacerlo antes de dos semanas. Así que nos fuimos al aeropuerto para llamar desde allí por última vez.

El tránsito estaba interrumpido por obras en varios lugares, la señalización era confusa y las desviaciones numerosas y enredadas. Franquie y yo conocíamos muy bien el camino del viejo aeropuerto de Los Cerrillos, pero no el de Pudahuel, y sin saber cómo nos encontramos perdidos en una densa barriada industrial. Dimos muchas vueltas, buscando una salida a cualquier parte, y no nos dimos cuenta de que andábamos en sentido contrario hasta que se nos atravesó en el camino una patrulla motorizada de carabineros.

Me bajé del coche y decidí salirles al paso. Franquie, por su parte, los abrumó con el manantial incontrolable de su labia florida, sin darles un respiro para concebir ninguna sospecha. Les hizo un recuento apresurado y fabuloso de un contrato que habíamos venido a firmar con el Ministerio de Comunicaciones para establecer en Chile una red de control del tránsito nacional por satélite, y les planteó el riesgo dramático de que todo el proyecto fracasara si no alcanzábamos dentro de media hora el avión de Montevideo. Al final estábamos todos tan enredados tratando de precisar una ruta posible para retomar la autopista del aeropuerto que los dos carabineros subieron de un salto a su automóvil y nos ordenaron seguirlos.

Dos colados en busca de autor

Fue así como llegamos al aeropuerto con la ruta barrida por las sirenas alarmantes y los relámpagos rojos del automóvil policial disparado a más de cien kilómetros por hora. Franquie corrió hacia el mostrador de Hertz para entregar el coche alquilado. Yo corrí al teléfono, llamé al mismo número por cuarta vez en ese día y estaba ocupado. Insistí dos veces más y a la tercera lo encontré libre, pero perdí un tiempo precioso porque la mujer que me contestó no identificó el santo y seña y colgó indignada. Volví a llamar enseguida, y entonces me contestó la misma voz de hombre de las veces anteriores, pausada y tierna, pero sin ninguna esperanza. Y tal como me lo advirtió, no la habría antes de dos semanas. Cuando colgué, furioso y descorazonado, faltaba media hora para la salida del avión.

Estaba acordado con Franquie que yo pasaría los controles de inmigración mientras él terminaba de arreglar las cuentas de Hertz, de modo que pudiera escapar y dar la voz de alarma a la Corte Suprema de Justicia si me arrestaban a la salida. Pero a última hora resolví esperarlo frente a la entrada de inmigración. Demoraba más de lo normal, y a medida que el tiempo pasaba me volvía más notorio con mi maletín de ejecutivo y dos de viaje, además de las bolsas de regalos. A través de los altavoces, una voz de mujer que me pareció más nerviosa que yo hizo la última llamada a los pasajeros del vuelo para Montevideo. Presa del pánico, le di a un cargador el maletín de Franquie y un billete grande, y le dije: —Lleve este maletín al mostrador de Hertz y dígale al señor que está pagando que yo me fui en el avión, o que venga enseguida.

—Asómese usted mismo —me dijo él—, será más fácil.

Entonces me dirigí a una de las auxiliares de la compañía aérea que controlaba la entrada de los pasajeros.

—Por favor —le dije—, espéreme dos minutos mientras busco a mi amigo que está pagando el carro.

—Quedan sólo quince minutos —dijo ella.

Corrí hasta el mostrador sin preocuparme de mis modales. Pues la angustia me había hecho perder la parsimoniosa compostura de mi otro yo, y había vuelto a ser el cineasta impulsivo que fui siempre. Muchas horas de estudio, de previsiones milimétricas, de ensayos minuciosos, se habían ido al diablo en dos minutos. Encontré a Franquie muy calmado, discutiendo con el dependiente de Hertz un problema de cambio de moneda.

—¡Qué carajo! —le dije—. Págale lo que sea, y te espero en el avión. Nos quedan cinco minutos.

Hice un esfuerzo supremo por calmarme y

me enfrenté al control de inmigración. El agente revisó el pasaporte y me miró fijo a los ojos. Yo lo miré igual, luego miró la foto y me volvió a mirar, y yo le sostuve la mirada.

—¿A Montevideo? —me preguntó.

—A la comidita de mamá —dije.

Miró el reloj electrónico en el muro y dijo: «Montevideo ya salió». Le insistí que no, y él lo confirmó con la empleada de Lan-Chile que nos estaba esperando para cerrar el vuelo. Faltaban dos minutos.

El controlador selló el pasaporte y me lo devolvió sonriendo.

—Buen viaje.

No acababa de pasar el control cuando me llamaron por el altavoz, con mi nombre falso a todo volumen. Pensé que era el fin y alcancé a imaginarlo como algo que hasta entonces sólo les podía suceder a otros, pero que ahora me había sucedido a mí sin remedio. Lo pensé inclusive con una rara sensación de alivio. Sin embargo, el que me llamaba era Franquie, porque me había llevado su tarjeta de embarque entre mis papeles. Tuve que correr otra vez a la salida, pedirle permiso al oficial que me había sellado el pasaporte y volver a pasar los controles arrastrando a Franquie.

Fuimos los últimos en subir al avión, y lo hicimos con tanta prisa que no fui consciente de estar repitiendo uno por uno los mismos pasos que había dado doce años antes, cuando tuve que abordar el avión para México. Ocupamos los últimos lugares, que eran los únicos disponibles. Entonces padecí la emoción más contradictoria de todo el viaje. Sentí una gran tristeza, sentí rabia, sentí otra vez el dolor intolerable del destierro, pero sentí también el alivio inmenso de que todos los que participaron en mi aventura estuvieran sanos y salvos. Un anuncio inesperado por los altavoces del avión me puso de nuevo en la realidad:

—Por favor, todos los pasajeros deben tener sus boletos en la mano. Hay una revisión.

Dos funcionarios de civil, que lo mismo podían ser de la empresa que del Gobierno, estaban ya dentro del avión. He volado mucho y sé que no es raro que pidan la contraseña de la tarjeta de embarque a última hora para alguna comprobación a bordo. Pero era la primera vez que pedían el boleto. Esto permitía pensar cualquier cosa. Angustiado, busqué un refugio en los maravillosos ojos verdes de la azafata que repartía los caramelos.

—Esto es absolutamente insólito, señorita —le dije.

—Ay, señor, qué quiere que le diga —dijo ella—. Es algo que no está en nuestras manos.

Bromeando como lo hacía siempre en los momentos de apuro, Franquie le preguntó si pernoctaba en Montevideo, y ella le dijo en el mismo tono que se lo preguntara a su marido, el copiloto. Yo, por mi parte, no podía soportar ni un minuto más la ignominia de vivir escondido dentro de otro. Sentí el impulso de levantarme y recibir a gritos a los revisores: «Váyanse todos al carajo, yo soy Miguel Littín, director de cine, hijo de Cristina y Hernán, y ni ustedes ni nadie tiene el derecho de impedirme que viva en mi país con mi propio nombre y mi propia cara.» Pero a la hora de la verdad me limité a mostrar el boleto con la mayor solemnidad de que fui capaz, agazapado dentro de la coraza protectora de mi otro yo. El controlador lo miró apenas y me lo devolvió sin mirarme.

Cinco minutos después, volando sobre la nieve rosada de los Andes al atardecer, tomé conciencia de que las seis semanas que dejaba detrás no eran las más heroicas de mi vida, como lo pretendía al llegar, sino algo más importante: las más dignas. Miré el reloj: eran las cinco y diez. A esa hora, Pinochet había salido del despacho con su corte de áulicos, había recorrido a pasos lentos la larga galería desierta y había descendido al primer piso por la suntuosa escalera alfombrada, arrastando los 32.200 metros de rabo de burro que le habíamos colgado. Pensé en Elena con una inmensa gratitud. La azafata de los ojos de esmeraldas nos sirvió un cóctel de bienvenida y nos informó sin que lo preguntáramos:

—Pensaban que se había colado un pasajero en el avión.

Franquie y yo levantamos la copa en su honor.

—Se colaron dos —dije—. ¡Salud!

ÍNDICE